I'm an unfortunate archer, but doing Okay
不遇職の弓使いだけど何とか無難にやってます
3
洗濯紐
イラスト／bun150
TOブックス
JN070789

Contents

I'm an unfortunate archer, but doing Okay

目次

イラスト／bun150　デザイン／AFTERGLOW

人物紹介 Characters

レンジ ▶▶▶

弓使いのアニメキャラに憧れてVRMMO「Trace World Online」を始めた。姉のルイの影響で「PRECEDER」に入る羽目になったり、「瞬光」のルトにライバル認定されたりと、悪目立ちしすぎたと絶望中。

レンジの精霊達

プレイヤーの想像力で形づくられた精霊達。火の精霊ファイ、風の精霊ライ、闇の精霊ヤミなど外見や性格は様々。

クラン PRECEDER

ルイ ▶▶▶

レンジの実姉。生粋の乙女ゲーマーである。何故かは分からないが、必要以上に前に出たがる。レンジの頭が上がらない唯一の人間。

レイナ ▶▶

ランキング常連の女弓使い。現実でも凄腕の弓道部員で、ゲーム内で弓が弱いと軽視されていることに憤りを感じている。

十六夜 ▶▶

ランキング第一位を爆走する女双剣使い。一見感情が読み取りづらいが、強さに対しての欲求は誰よりも強い。精霊持ち。

ユウ ▶▶▶

小心者の女弓使い。初めて出会った時の印象が悪かったのか、レンジに対して苦手意識を持っている。レイナを慕っている。

イサ ▶▶▶

ソラの幼馴染でレンジに密かに憧れる弓使い。見た目が女らしいのにコンプレックスを抱いている。ソラのストッパー役でもある。

ソラ ▶▶▶

イサの幼馴染で召喚士。自分の召喚獣をレンジに誤って殺されてしまった。レンジの「なりきり」を知る唯一の人間である。

クラン 瞬光

ルト ▶▶▶

攻略最前線を目指すクラン「瞬光」のマスター。レンジを気に入っており、会うたびに熱心な勧誘をする。

ナオ ▶▶▶

レンジにゲームを勧めた同級生。盗賊という職業でクラン「瞬光」に所属している。やや打算的な面が見られるが、悪気はない。

プロローグ

「ほらっ、行くわよ!!」

いうが早いか、目の前にいた姉という名の脳筋が、その先にいる2人の仮想敵へと突っ込んでいく。

「騎士なら守れよ……」

自分でも情けない発言をしている事を自覚しながらも、姉には当たらないように気を付けながら。

それでいて姉が優位に立てる様な状況を作り出すべく射続ける。

姉が2人の仮想敵に対してしっかりと相手取れているが故に生まれた余裕が、何故こんな事になってしまったのか。と自問自答を出来るようにしてしまっていた。

本当に……。

「なんでこんな面倒くさい事を……」


事の発端はレッサーザラタンというフィールドボスを討伐した後、そしてイベントの詳細情報が発表された時の姉の2つの発言が原因だった。

レッサーザラタンという、当時は倒すのが非常に難しいとされていたボスを倒した事で、他のクランの人達から質問を受け続けていた俺を、レイナさんと共に助けてくれたのは感謝している。

が、その後に姉が言い放った『イベントを待ってなさい。クラン戦で無双するから』という発言のせいで俺は、ある程度本気でイベントに向き合わなければいけなくなったのだ。

元々、『精霊の耳飾り』というアイテムを入手するためにイベントには参加するつもりではあったが、目立たない程度に抑えて参加するつもりだった。

というのに、姉の発言。

別にすっぽかしても良かったのだが、姉に『嘘つき』のレッテルを貼られる訳にもいかない。

「レンジ！　最後!!」

「ん、【領域射撃：攻殺陣】」

そんな事を考えていたからか姉に促《うなが》されてようやく、二人の仮想敵にトドメを刺す。

「レンジ、今の感じで良い？」

「だから、姉ちゃんを無視して俺へ攻撃されたら詰むよ？」

「無視できないようにすれば良いのよ」

「……はぁ」

何度も言っている筈《はず》だというのに、これだ。

2つ目の問題は、イベント中は姉とペアを組む事になったという物。

元々はイベントの内容が闘技大会だった為、ソロ戦があったらそれに出ようと思っていたのだが、昨日配信されたメールはそれを根底から覆してしまった。

メールの内容を要約すれば、

『〝クラン〟を基準として行われる闘技大会は
本戦に参加する8クランを決める討伐戦
クラン毎、2パーティが参加できるパーティ戦
クラン毎、1ペアが参加できるペア戦
クラン毎、1人が参加できるソロ戦
に分けられ、それ等を総合して優勝クランを決定する』
という物だった。
対人に特化しており、戦績もある十六夜さんがクラン内にいる以上、流石にソロ戦をくれと自己主張する訳にもいかず……その上、姉の『レンジとペアを組む』という発言により、なし崩し的に姉とペアを組む事が決定したのだ。
最終的にパーティ1がソラ、パーティ2がレイナさん、ユウさん、楓さん、イサ。
ペアが俺と姉、ソロが十六夜さんという事になり、各々で優勝を目指す事になったのだが——、
「じゃあ、仮想敵の職業を変えてもう一戦やるわよ！」
「次、魔法職とタンクで」
「りょ！」
クランの地下にある修練場を借りているというのに、上手く連携をとれる自信がなかった。
後衛職しかいないがレイナさん達は上手く連携を取って、矢の弾幕という壁を作り上げられるが
……俺は姉が前にいる以上、その壁を作る事が出来ない。

情けなくはあるが、先ほどから俺が狙われたら厳しくなる事を分からせる為に色んな職業の仮想敵と戦っているのだが、あくまで仮想でしかないのでそこまで強くもなく、姉の脳筋戦法は上手くいってしまっていた。

「……【アンチマジック】」

そんなこんなしている内に魔法職の死に際に放たれた攻撃を難なく撃ち落とし、戦闘が終了する。

姉が俺の実力をある程度把握している以上、必要以上に手を抜く事が出来ないのだが、それのせいで俺の目的が達せられる気配もなかった。

バレない程度に全力で手を抜く為に、いつもは召喚しているファイ達――精霊も召喚していないというのに……。

「これ、いけるのか……？」

そんな事を考えていた俺に対して次の敵の職業を聞いてきた姉に、暗殺者２人と答えて、再び戦闘を始めるのだった。

〝脳筋〟

――無理だった。

姉の脳筋戦法はあの後も戦闘を続けたが失敗する事はなく、それではと移動した腐毒の森でも――

――俺1人でも問題ないから当たり前かもしれないが――成功し続けた。

イベント当日になり、クランに全員が集まってイベントへの意気込みを語り合っている間でも、残念ながら姉の自信が失われる事はなかった。

「そろそろ討伐戦が始まりますが……準備は大丈夫ですか？」

「ん」

「問題ないわ」

「「頑張ります!!」」

「私は死なない事を第一目標に頑張ろっかな」

「問題ない」

「……いけます」

このイベント――本戦に出場するクランを決める為の討伐戦を前に、レイナさんの問いかけに対して、各々が返答する。

少し遅れて返答をしてしまったからかレイナさんに少し不思議そうな目線を向けられたが、笑ってごまかす事で事なきを得た。

討伐戦の条件は至ってシンプルで、様々な種類の魔物・そして他のクランの人員を討伐した数を競うといったもの。

勿論、魔物の強弱毎にポイントが設定されている為、弱い魔物を倒し続ければ勝てる、という訳でもないし、プレイヤーを倒した時に得られるポイントもとても低いので、妨害に徹していては勝つ事が出来ない。

クラン員が多ければ弱い魔物を大量に倒すという手段もとれるのだろうが、【PRECEDER】はクラン員が少ないので、強敵を倒し、沢山のポイントを一度に得る必要があるのは間違いないだろう。

俺は出来る限りで広域殲滅《せんめつ》を行い、大量の魔物からポイントを稼ぐ予定なのだが……イベント参加クランが50近くある為、どの程度ポイントを確保できるか分からないのだ。

イベントの本戦に出場する上位8クランを選出する為の討伐戦が、今から始まる——。

「初手は予《あらかじ》め立てていた手筈通りにお願いします。十六夜さんは1人ですので大変かもしれませんが……」

「ん、任せて」

「お願いします」

レイナさんのいう予め決まっていた手筈通り、俺の場合は初手で広範囲への攻撃をした後、〝姉と共に〟魔物を狩り続ける。

一応は俺1人の方が動きやすい、など様々な理由を作って1人で行動しようと思っていたのだが、一番初めに使う事になる【チャージ】で出来る1分間の隙や、【遠距離物理】である以上の立地上の不利さを言われてしまえば、俺も思っていた事ではあるので何も言い返せず、結局姉とセットに。

「レンジさんも——」

「——任せなさい」

「なんで姉ちゃんが言うんだよ……まあ、任せてください」

『任せてください』と言い切るのは少し不安だが、姉とペアで行動する事になってしまった以上、覚悟を決めるしかない……が、誰かと一緒に行動をするのは苦手な上に、戦闘スタイルの幅も狭まってしまう。

修練場を借りている時には一度もやらなかったが、最終手段として許可を取れたら姉もろとも敵に矢の弾幕をくわえるという事も考えておくべきだろう。

レイナさんと違って1本1本の攻撃力が弱い為数で勝負をしているのだが、そうである以上、もしかしたら姉ごと攻撃をしなくては切り抜けられない状況に……と考えると、己の戦闘スタイルのパーティ適性のなさがうかがえる。彼のように臨機応変に対応出来ない悔しさもこみあげる。

いずれ俺1人では倒せない敵が出てくるかもしれないのでパーティ向きのスキルか何かを習得するべきなのだろうが……まあそれはイベントが終わった後で良いか。

「あとはソラさんなのですが……1人で大丈夫ですか？」

「ああ。つっても、レイナさんには1回も戦闘を見せた事がないから、あれかもしれないが……まあ、レンジに貰った大量の魔核で大幅に強化されたからよっぽどの事がない限りは大丈夫だ」

「分かりました、私達も全力を尽くします。……皆さんも他のクランからの妨害もあり得ますので、HPが心もとない時は気を付けてください」

「ああ」

「はい」

少し思案した後に発したレイナさんの言葉に、デフォルトでＨＰが少ない俺とソラが即答した事でクラン内に苦笑が漏れる。

もちろん、俺とソラに限らずイサやユウさん、楓さんも少ない筈なので……レイナさんが自分にも言い聞かせるように言ったのは、一緒に行動する３人をしっかり頭の中に入れておく為だろう。

「では、時間になりましたし——行きましょうか」

イベント開始時間になり、クランの本拠地からイベントフィールドへと転送できるようになったので、レイナさんが周囲に確認を取ってから、転送ボタンをタップした。

ゲームの中にいる筈なのに、再ログインをした様な感覚に包まれる事数秒——。

「森……か？」

最初に、ソラの呟きが漏れる。

その後も幾人かの疑問の声が漏れたが……確かに、そこまでイベントらしき気配を感じないフィールドには俺も違和感を覚えてしまった。

クランから一度しかイベントフィールドには接続出来ず、死んでしまうと復活も出来ないという性質上、少し特殊なフィールドでも出てくるのかと思っていたのに、森。

拍子抜けしてしまうのも仕方がないだろう。

「取り敢《あ》えず……レンジさん、どちらに攻撃したいですか？」

「ん……では、あっちでお願いします」

「分かりました。では——」

「こっち、良い？」

十六夜さんが木々の隙間から見える灰色っぽい山を指差し、声を出す。

ここからも岩肌が見え、いかにも何かがありそうな雰囲気を醸し出している為、この面子の中では一番強い十六夜さんが適任なのは間違いないだろう。

俺の時と同様、十六夜さんの行きたい方向と同じ方向を主張する人もいなかったので、十六夜さんの向かう先もすんなりと決まった。

残りのソラとレイナさん達だが、

「了解しました。ソラさんは……」

「俺は最後に余った所で良い。出来たら開けた場所に行きたかったが……この感じだとあるかも怪しいだろ？」

「では……イサさんやユウさん、楓さん。行きたい方向はありますか？」

「えっと……じゃあ、こっち？」

「私はどっちでも良いです！」

「ん～、イサくんと一緒かな？　十六夜が選んだあの山を考えると真逆はあまり行きたくないんだよね～」

イサと楓さんが指差した、丁度俺の反対側の方向がレイナさん達の向かう方向。

「分かりました。じゃあ、ソラさん――」

「ああ。俺は十六夜さんの反対側に行かせてもらう。……山の反対は反対で何かありそうだしな」

ソラが向かう方向は山の反対側という事になった。

「四方向にばらける事になりますので、他所からの救援は期待出来ない物と思って行動をしてください。では——頑張りましょう」

「ん」

「「はい!!」」

「ええ」

「ああ」

「はい」

「そうね」

即行で走り去っていった十六夜さんを皮切りに、各々が移動を開始する。

俺は俺で初手の全力攻撃を森ごと放って魔物達へ食らわせるべく、準備を進めていく。

「【精霊召喚：全】『ファイ』『エン』『ティア』『アース』『イム』『ライ』『リム』『ヤミ』『エイ』『ファン』』

「レンジ」

「……何？」

周囲には姉しかいない事を確認しているので、召喚したファイ達と多少のコミュニケーションを取ってから、改めて俺を呼んできた姉の方を見る。

「この討伐戦、私達が狩りつくすわよ！」

「……、まあ全力ではやるよ。1分間動けないからフォローよろしく」

「りょ」

「【精霊王の加護】【精霊魔法：火】【火精霊の加護】【精霊魔法：炎】【炎精霊の加護】【精霊魔法：水】【水精霊の加護】【精霊魔法：土】【土精霊の加護】【精霊魔法：風】【風精霊の加護】【精霊魔法：雷】【雷精霊の加護】【精霊魔法：光】【光精霊の加護】【精霊魔法：闇】【闇精霊の加護】【精霊魔法：影】【影精霊の加護】【精霊魔法：無】【無精霊の加護】」

「【チャージ】」

姉にフォローをお願いしてから、全ての精霊の加護を発動させた上で【チャージ】を発動する。

現状1秒間に20近いMPを消費しているが、自身を守る為には必要な事だから仕方がない。

俺は動けないが、敵が来ても姉の援護は精霊達がやってくれるだろう。

「……何か来るわね」

「……」

「……あ、レンジ話せないんだった。プレイヤーだったら穏便に立ち去ってもらうか……レンジが動けない事がバレる前に殺すしかないわね」

姉が話しているように、【チャージ】を発動してから数秒程しか経っていないが、既《すで》に俺の【気配感知】や【魔力感知】の射程内にも幾つかの敵影を見つける事が出来ていた。

恐らく姉が話している〝何か〟というのは――。

「お……？　げ、まじぃ【PRECEDER】の奴らだ！」

「……まじ？　ってマジじゃねえか。うわ、レンジさんいるんだけど、唐突《とうとつ》に射られたりしねえよな……？」

「だ、大丈夫だろ……流石にそんな……。逃げれるか？」

俺の予想を的中させるかのように、３人のプレイヤーが木陰《こかげ》から姿を現した。

レッサーザラタン討伐の所為《せい》である程度有名人になってしまったのは自覚していたが、流石に化け物の様な扱いをされるのは辛い物がある。

が、【チャージ】の影響で動く事が出来ないので彼等には何も言う事も出来ないのだ。

幸いな事に、彼等は逃げ腰なので、姉が事前に言っていた通りに穏便に立ち退いてもらう事が――。

「10秒あげるわ」

「「「ん？」」」

「……」

穏便……？

「え、ちょ、ま、やべぇ！　退くぞ!!」

「ああ!!」

「ちょ、待て！　俺達の受け持ちはこっち――」

「んな事より生き残る事の方が優先だボケ!!」

剣を彼等に向けながら10秒待つと言い、流れるように地面へと突き立てた姉を見て、何の為の10秒なのか察した彼等は蜘蛛《くも》の子を散らすように逃げ始める。

それを満足気に眺めた姉に、動ける状態であれば間違いなくため息を吐いただろう心境になりながらも、即行で攻撃を始めようとしたファイやイムを諫《いさ》めてくれたエンへと感謝の念を送っておいた。

確かに、プレイヤーの討伐は討伐戦の目標の内に入っているので、挑発紛いの行動を取るのも間違いではないのだろうが……俺という動けない存在がいる現状でやるか、と姉の行動には物申したくもなる。

「完璧」

「……」

「……なんか凄いジト目を食らってる気分なんだけど、レンジ、目は動……いてないわね。よく見ると結構気持ち悪——」

「——グルルルル」

「あー、もうやかましい！【シールドバッシュ】!! え、なんかジト目の威力が増した……？」

俺の目を覗き込んでいる間に魔物に背中を噛みつかれた姉は、その攻撃を物ともせずに盾で吹き飛ばして討伐を完了させる。

間違いなく俺であれば死んだ様な攻撃だったのだが、姉からすれば警戒する必要すら……なかったのだろう。

もし純粋に気がつきそびれたのであれば、俺が攻撃された時の事を考えると不安なのだが……まあそんな事はない、だろう。

「……狼って強くない癖にうざったいのよね」

俺だけでなく、一番真面目な性格である炎精霊のエンや、光精霊のリムですらも、姉へとジト目を向け始めた。

活発組である火精霊のファイや風精霊のイムからすれば尊敬対象となるようで目を輝かせたりしているが……、

「なんかジト目の威力が更に増した気がする」

姉は精霊を感知するスキルを持っていないので、それらの視線に気づく事は出来ないようだった。

まあ、もし気づけたとしても一番強烈《きょうれつ》な視線は水精霊のティア、土精霊のアースから向けられる恐怖の感情なので気付けないほうが良いのだろうが。

「んー……30秒ぐらい経った？……会話がないと暇《ひま》——【シールドバッシュ】!!」

近寄ってきた熊をあくびをしながら片手間に吹き飛ばし、起き上がったタイミングで首を切り飛ばした姉を見れば、確かに俺の護衛として役に立っているのだろうが、素直にそうと認めるのは癪《しゃく》に障る物があるのは……姉だからか。

「ん？　そういえばスキル効果での硬直中って感覚……こちょこちょで——熱っ!?　ってえ、ちょ、ま!?」

「……」

アホな行動を始めようとした姉へと、精霊たちが軽めの制裁を加え始めた。

これに関しては完全な自業自得なので止める必要もないだろう……。

と、している内に1分が経過した。

「……姉ちゃん」

「ん、何？」

「色々と怒っていい？」

「ダメ」

「はぁ……取り敢えず、全力攻撃するから」

「了解！」

方向は、予めレイナさん達に伝えていた方向。

普段であればプレイヤーを巻き込む事がないように注意して攻撃しているのだが、先ほども述べた通り今回の討伐戦に限っていえば同盟間での妨害はありなので、実を言うとプレイヤーを巻き込む事も目的の1つとなっていたりする。

「じゃあ……【サウザンドアロー】【インパクト】【ブラスト】」

人工守護神獣『朱雀《すざく》』に貰ったブラッドスキル、【追撃】の効果で2000本に増えた矢が、森へと降り注いで大きな爆発を引き起こす。

「何度見ても凄いわよね、これ」

「MP消費が凄いから」

「幾つだっけ？」

「最低でも11000」

「うへぇ……私じゃ絶対に無理だわ」

ＭＰ回復薬を飲みながら姉への質問に回答をする。

【追撃】の効果で矢の本数が倍に増えると共にＭＰ消費量も倍になっているのだが、１１０００というのは、それを【チャージ】の効果で半分に割った上での数字なのだ。

【インパクト】や【ブラスト】に込める魔力次第では３０００程度まで膨らむので、その威力の強さが窺えるだろう。

「姉ちゃん、逃げるよ」

「なんで？」

「ここに留まってたら〝俺〟を妨害する為の人が沢山来るから。討伐数でトップを狙うならそういう奴等には構ってられない」

「りょ」

あまりこの攻撃を放ったのが俺だと知られたくない、という思いもあるが、姉に言った事は事実でもあるので問題ないだろう。

イベントのメニューから確認したところ、現状の討伐数は個人で言うと俺が独走状態だが、クラン全体でいうと【PRECEDER】と【瞬光】はいい勝負になっていた。

クランの上限人数まできっかりといる【瞬光】とクラン員が８人しかいない【PRECEDER】がいい勝負だというのは良い様に捉えるべきか……まあ、今後の事を考えると悠長《ゆうちょう》な事を言っていられないのは間違いないだろう。

「姉ちゃん、どっち行く？」

「若干山から離れるわよ。十六夜と狩場を被らせたくないもの」

「了解」

姉の発言に対して同意した事を声に出し、俺の方を振り返らずに進み始めた姉と、付かず離れずの距離を保ちながら移動を開始し……すぐに現れたオーガをどの程度の攻撃で倒せるのか、という実験の意味も込めて狙い撃つ。

「【ダブルショット】【インパクト】」

「ちょ、レンジ？」

「ごめん、思ったより敵が強かった」

俺の放った4つの矢を受け止めて重傷を負ったが、それでも姉の下へと果敢《かかん》に挑みかかったオーガを、軽く剣で斬り払って殺した姉。

流石に【ダブルショット】と【インパクト】、計16ＭＰでは射殺す事が出来なかったが、今の感じを考えれば俺が最小限の攻撃で致命傷を負わせ、姉がトドメを刺すという流れが一番簡単に決まりそうだった。

「姉ちゃん、トドメよろしく」

「ん？　どゆ――あー、そゆことね。任せなさい」

流石に姉の下にたどり着くのに時間がかかりそうな敵はもう少し強めな攻撃で倒してしまおうとは思っているが、この討伐戦は時間制限が決まっていないのでなるべくＭＰを消費したくない。

この作戦は間違っていない筈だ。

「【ダブルショット】【インパクト】」

「んー……【スラッシュ】。レンジ、熊に対してはもう少し強めで」

「分かった」

作戦を共有してすぐに現れた熊を、これ幸いにと前回と同様の攻撃をし、姉へと受け流した。

ただ、【魔力感知】【気配感知】の範囲内に現れる魔物全てに対してその作戦が使える訳ではないので……、

「ん……【テンスアロー】【インパクト】【ブラスト】」

「なっ……矢が――」

「ナイスキル」

「プレイヤーごと射た気がするけど」

「問題ないわよ。怒って向かってきても返り討ちにすればいい話だし」

姉と俺から見て少し離れた距離にあった幾つかの敵影へ向けて、先ほどの攻撃を参考に倒せそうな程度の攻撃を放つ。

「おい！　横取りした奴、逃げんじゃねぇぞ！！！」

「姉ちゃん」

20の矢を射た方向から聞こえた怒りの雄叫《おたけ》びに思わず足を止め、そちらへと顔を向ける。

姉は俺の動きを察知してから、雄叫びをあげたプレイヤーから俺を庇《かば》える様な位置へと移動してきてくれていた。

「レンジ、プレイヤーを巻き込んだと思う？」

「微妙。なるべく魔物っぽい気配の方に重点的に矢を放ったから」

「逃げるのは……」

「――無理だと思う」

現状、俺と姉は魔物を引き付ける為にも【魔力隠蔽】や【気配隠蔽】などのスキルは使用していない。

そもそも姉が持っているのかどうかすら分からないが……相手に感知されている事は容易に推測が立つので、逃げても追いかけてこられるのは間違いない。

どうせぶつかるのであれば、逃げずに相対した方が話が早いだろう。

「そう……まぁ、当たってたら戦闘にはなるとは思うけど、当たってなかったらお話は任せなさい」

「任せられる気がしないんだけど……」

「……」

『10秒あげるわ』などという全く穏便ではない方法でプレイヤーを追い返した姉故に、全くもって任せられる気がしなかったのだが……それは姉も承知の上だったのか、顔を背けられてしまった。

「あっ、【テンスアロー】【インパクト】【ブラスト】」

「余裕あるわね……」

「出来るだけ討伐数は稼いでおきたいから」

「ふーん」

たとえ、なし崩し的に参加する事になったこのイベントではあっても、欲しい物があるのには変わりないのでやる気が入り過ぎない範囲で、全力でやるつもりなのだ。

それも含め、クランに貢献すべきである以上倒せる敵がいたのであれば倒すべきなのは間違いない。

……と、そんな事を考えている内に邪魔な木々を斬り払いながら、大剣を担いだ短髪のプレイヤーが、姿を現した。

「ん？……【PRECEDER】、しかもルトさんお気に入りの奴までいんじゃねぇか。こりゃ俺にも運が回ってきたな」

「回ってきた……？」

「あ？　そりゃそうだろうが。お前がなんなのかは知らんが――」

「――潰しゃぁ、俺がつえぇ！」

「――いかせる訳、ないでしょうがっ！」

会話が始まるのかと少し気を抜いた俺に対して、警戒心を強めたのか剣と盾を構えなおした姉。

直後、姉を無視して俺へと攻撃を加えようとしたプレイヤーの剣と、姉の盾が火花を散らしてぶつかり合う。

その鬼気迫る雰囲気に気圧されて一歩引いてしまったが、その内に姉とプレイヤーはぶつかりだし……俺の参戦が遅れてしまった。

「はっ、流石に素通りはさせちゃくれねぇか！」

「当たり前よ!!　【騎士王の誓い】【ハイプロテクト】【ファランクス】!!」

「んじゃ、手始めに……【剣闘王の誓い】【ダブルスラッシュ】!!」

「……、【シールドディフェンス】!!」

「ッチ、オラァ!!【テンスアロー】【チェイサー】」

「んなっ」

遅れてはしまったが姉を援護すべく射た20本の矢は、全て剣の一振りで切り落とされ、隙を作るにも至らなかったのか直後の姉の攻撃もしっかりと剣で受け止められる。

俺にとって出来うる限り最高レベルの援護だったのだが……、

「こんなもんかよ!?　ルトさんを倒したっつうんだから期待したんだぜ、俺はよ!!」

お相手さんにとっては満足いく物ではなかったのだろう。

姉がいる限り【インパクト】や【ブラスト】といった周囲に影響を及ぼすスキルや【ハンドレッズアロー】などの矢の数が多すぎるスキル、【領域射撃】は発動が出来ないのだが——。

「——あんたの相手はっ、私よ!!」

「うぉっ!?……悪いんだがなぁ、俺はお前には興味がないんだわ。ってかルトさんを倒した奴がこんな弱い訳はないいんだしお前、足枷《あしかせ》——」

「【ハンドレッズアロー】【インパクト】【ブラスト】」

「ん!?【ショートワープ】」

「っちょ」

「……」

姉と斬りあっている筈だというのに、姉を見る事なく俺を見続けていらない事を言い始めたプレイヤーに、思わず少し強めの攻撃を加えてしまった。

確かに、姉がいる事で全力が出せなくなっているのは事実だし、自分でも多少は考えていた事なのだが、他人に言われるとムカつくのだ。

姉を爆破の余波に少しだけ巻き込んでしまったが、まあそのぐらいは許してくれるだろう。

「へぇ……？　なんだ、やる気はあんのか？」

「……、わざわざ攻撃から逃げた人よりは」

「ひゅぅ、言うなぁ!!　良いぜ、少しやる気が出てきた。折角だ。自分の事を倒す奴の名前でも覚えてけ。俺のなま――」

「――ちょ、レンジ！　射るなら事前に言ってくれないとレンジに殺されかねないんだけど⁉」

「「……」」

「……？　何よ。いちいち倒す相手の名前覚えててもキリがないでしょうが」

俺の反射的な煽《あお》りを受けてやる気を増大させたのか、名乗りをあげようとしたプレイヤーの発言に被せるように文句を言ってきた姉によって、沈黙が生まれる。

自分でも強めな煽りを入れてしまったと思ったのだが、姉の行動と比べてみれば些細《ささい》な物としか思えなかった。

現に――、

「……。俺の名前はキース、だ。まぁ、決めた。まずはてめぇからぶっ殺す!!」

「え、なに!? ま……まぁ私にタゲを集中させれるから、計算通りよ!!」

「【火竜腕】【風竜腕】!!」

「ちょ、何それかっこいい」

キレたキースさんは、先ほどまでとは打って変わって姉を集中的に狙い始めた。

姉は姉でよく分からない事を言いながら冷静に対応しているので……、

「【ハンドレッズアロー】【インパクト】【ブラスト】」

「……あ？」

「【ダブルスラッシュ】！」

先ほどの攻撃から俺では決定打には成りえないと考え、その先にいたオーガの群れを殲滅するべく、攻撃を放った。

【ショートワープ】のクールタイムが切れていないからか、俺の攻撃で少し身構えたキースさんだったが、その頭上を矢が越えていった事に呆気《あっけ》にとられたのか一瞬呆け、その隙を姉が見逃す訳もなく、無防備な体へと斬り付ける。

「がっ……」

「【シールドバッシュ】……レンジ！」

「……うん、【領域射撃：攻殺陣】」

想定外の方法で援護射撃の様な事が出来たので少し呆気にとられてしまったが、姉考案の脳筋戦法通りに、姉が【シールドバッシュ】で相手を吹き飛ばし、俺がトドメを刺すべく全力の攻撃を食らわせる。

「倒せた、かな？」

【ショートワープ】や【ミラージュ】などの回避手段があるので警戒していたのだが……。

「倒せたわね。ポリゴンになっていくのも見えたし」

「……」

「呆気なかったわね。レンジのブラフも突き刺さってたし……ってか、よくあんなブラフ思いついたわね」

「まぁ……そんな事より、次の――」

【気配感知】や【魔力感知】……というよりも、ファイ達が慌てふためき、俺へと〝それ〟を知らせてくる。

「ちょっ――」

急に斜めへと傾き、跳ね上がった視界に入った白髪。

自身の首が飛ばされたと気づくよりも早く……、

「【守衛領域】！！！」

首が、繋がった。

邂逅《かいこう》

「っつぅ……【カバーアシスト】！」

「チッ……んな簡単に殺れなかったか……」

「……お前は――」

唐突に自分の首が舞ったかと思えば、すぐに繋がり、気づいたら姉の近くへと移動していたりと、一瞬の内に起こった出来事に困惑を隠しきれず、現れたプレイヤーに対して無意識に声が漏れる。

「【桜吹雪】所属、零夜《れいや》だ。お前らには目標を超える為の礎《いしずえ》――」

「零夜」

「……。あぁ。……あれ、どう――」

「零夜」

「うん、分かった」

零夜と呼ばれた俺と同年代程度の少年が、折れた刀に目を向けた後、新たに現れた少年と同じ様な容姿をした少女の下へと一時的に退避する。

俺が言えた話ではないが、２人のプレイヤーは全身が真っ黒と暗めな見た目の装備をしているからか……不意打ちをしてきた事もあって抱く印象はそこまで良くない。

まだ、俺の方が〝彼〟に関わる紋様《もんよう》を装飾しているので明るい……とまで考えて、二人共に似た様な紋様を装飾している事に気が付いた。

……だからと言って何かがある訳ではないが。

そこまで考えてからようやく、敵2人が準備を完了させるよりも前に俺は俺で距離を取る為に姉の後ろへと……？

「姉ちゃん？」

「あ……レンジ？　ごめん、ちょっと部位欠損のデバフがきつい……」

「……。あれ、そういえば……俺、なんで生きてんだ？」

姉の言葉を受け取ってから首元を手で摩り、恐らく下手人なのであろう零夜という名の少年と、少女の方を見据《みす》える。

何かを宣言しようとしていた時とは打って変わり、少し狼狽《うろた》えているように見える蒼眼《そうがん》に疑問を抱くが……それはさておき、この状況を作り出したのは零夜という人物なのだろう。

姉が部位欠損に陥っている原因はどう考えても俺が死んでいない事と関係があるのだろうが……

パッと姉を見た限りでは両腕、両足共に欠けておらず、部位欠損には――、

「耳……？」

「レンジ、ちょ、悪いんだけど連携とれそうもないし……ダメージは肩代わりするから、頑張って」

部位欠損で陥るデバフは、欠損する部位で違った筈だが……耳だと、聴覚の遮断、平衡感覚の乱れだろうか？

そうだとすれば姉の言う通り、戦闘を続けるのは厳しいだろう。

「ごめん……ほんと、注意力が欠けてた……」

「……」

剣を地面に突き刺す事でようやく安定した状態で立ってられる、といった風である姉を見るに、平衡感覚が殆どなくなったのは間違いない。

流石にそんな状態でも戦え、などという酷なことをいう気はないので、姉を庇えるように前に出て、零夜の方を見据える。

「遥《はるか》……刀折られたんだけど、何があったか分かるか？」

「分かんないけど……〝敵〟が覚醒、強化されるのは当たり前。それを乗り越えてこそ、だよ？」

「……そうか？」

「うん」

折れた刀を遥に見せ、悠長に会話を始めた零夜。

その隙をついて矢を射ようかと思ったが、遥の蒼い瞳が俺を見続けていたので動くに動けなかった。

零夜の手元にある折れた刀は、パッと見ではそこまで大した物には見えない。

だというのに折れただけで弱気になっているのは……それだけ自信があった、からだろうか？

「零夜、出して。やるよ」

「うん。……あぁ、切り替える」

遥に促されてストレージから禍々《まがまが》しい刀を取り出した零夜が、鞘《さや》から刀を抜刀し……深く息を吐きだした。

そんな、あからさまな行動を見せられたから、という訳ではないが、

「【デュオ】【フィジカルバリア】【デュオ】【マジックバリア】」

「【精霊王の加護】【精霊魔法：火】【火精霊の加護】【精霊魔法：炎】【炎精霊の加護】【精霊魔法：水】【水精霊の加護】【精霊魔法：土】【土精霊の加護】【精霊魔法：風】【風精霊の加護】【精霊魔法：雷】【雷精霊の加護】【精霊魔法：光】【光精霊の加護】【精霊魔法：闇】【闇精霊の加護】【精霊魔法：影】【影精霊の加護】【精霊魔法：無】【無精霊の加護】」

全力で自身にバフをかける。

同時に、やる気に満ち溢れ出した零夜へと、遥が何かを付与していた。

初手で広範囲に全力攻撃をばら撒《ま》き、プレイヤーをも殺したであろう俺がいえた事では無いのだろうが……不意打ちで姉を戦闘不能に追いやられたのは流石に腹が立った。

俺の注意不足、と言ってしまえばそれまでだが……。

「【ハンドレッズアロー】【インパクト】【ブラスト】!!」

——全力で……ぶっ倒す。

「うっし。やるか！」

「零夜」

「分かってるって。遥は邪魔すんじゃ——」

「じゃなくて……」

「……あ。気を付ける」

「ん」

小手調べのつもりで放った【ハンドレッズアロー】を、躱《かわ》す事どころか守る動作すらせずに無傷で済ませた零夜と遥が、謎の会話を行う。

その隙に俺はMP回復薬を飲んだり、ファイ達にちょっとした〃お願い〃をして着々と準備を進めていった訳だが……、

「通話もメールも使えない、と……」

最大の問題である、少ししゅんとした様子の姉とコミュニケーションを取る手段が思いつかない。

姉の瞳を見た所、一応は焦点が合っていたので俺の事は見えているのだろうが、声が聞こえている様子には見えなかった。

「どうするか……」

先ほどからの戦闘で俺と姉の周囲一帯は木々が消え去り広い空間が出来上がっていたが、そのせいで姉が身を隠せる場所が存在しなかった。

そもそも姉は動くことすら辛そうなので隠れる場所があったとしても移動出来たかは定かではないが……姉にこれ以上危害が及ぶよりも前に、絶対にあの2人を倒す。

「……【領域射撃】」

「【カルテット】【フィジカルバリア】」

「遥」

「ん……一応」

「了解」

そんな意思を込めて放った矢は再び、あっさりと躱す事すらされず防がれてしまった。

零夜は刀で殆どの矢を切り落とすという想定外極まりない迎撃方法を取っていたが……。

「カルテット……？　4重の結界、か？」

「んじゃ、行くぜッ!!」

「【テンスアロー】【クイック】【チェイサー】」

「甘ぇ！」

20の矢を、先ほどまでと同じようにスキルを使う事なく斬り飛ばした零夜は、スキルを使う事無く俺の下へと迫ってくる。

後ろに姉がいる以上躱す事も出来ないので全力で迎撃をするしかないのだが、全方位に攻撃をばらまく迎撃スキルである【領域射撃：防殺陣】は使う事が出来ない。

「【ハンドレッズアロー】【インパクト】【ブラスト】!!」

「はっ、数でどうこう出来ると――」

「零夜」

「……あぁ！」

「っつ、【テンスアロー】、【ダブルショット】、【ツインアロー】」

【領域射撃】を放った時と同様に、【ハンドレッズアロー】を放った時ですら刀の一振りで数十もの矢が切り落とされ、残像が見える程速く振られた刀で全てが切り落とされてしまった。

今までは【ハンドレッズアロー】などのスキルの、相手に〝同時〟に到着する事はメリットだと考えていたのだが……一振りで数十も切り落とされてしまえば、それがメリットに感じられなくなってしまう。

仕方がないので幾つもの連射スキルを使う事で矢の到達まで緩急を付けたのだが、２００本の矢を切り落とせるのだから、その程度の攻撃はあっさりと対処されてしまった。

「「……」」

何故か、零夜と俺の間に両者が動かない膠着《こうちゃく》状態が生まれる。

零夜にしてみれば今の俺は格好の餌食《えじき》でしかない筈だが、ファイ達にお願いして魔法を顕現していてもらったのが効いたのだろうか。

「【領域射撃：攻殺陣】、【ハンドレッズアロー】【インパクト】【ブラスト】」

膠着状態など時間の無駄でしかない俺は、前者を零夜、後者を遥へと放って、何とか彼等を倒す方法を見出そうとするのだが――。

「【オクテット】【フィジカルバリア】」

「【デュオ】【フィジカルバリア】【デュオ】【マジックバリア】」

「ふっ――」

またしても、零夜はスキルを使う事すらなく対処し始め、遥は【デュオ】と言っていた時に張ったであろう障壁で防ぎ、俺のスキルの爆破によって姿が見えなくなった。

――が、今でもまだ零夜への攻撃は続いている。

流石に200本の矢を切り落とせる零夜であっても、全方位からの攻撃とあっては多少の漏れがあり、それら全てが【フィジカルバリア】という物に守られていたので……、

「ファイ、お願い!!」

ファイに後付けの爆破をお願いし、魔法による攻撃を狙う。

遥が爆風に包まれておらず、零夜の姿が見えていればすぐに【マジックバリア】とやらを張れたのだろうが、それを張らせない為に爆風に包まれてもらったのだ。

「イム達も、続けて」

今か今かとこちらを見つめ続けていたイムを主に、他の精霊たちにも攻撃を続けてもらう事で、一気に決着を付けるべく――。

「【ノネット】【マジックバリア】」

「……、駄目か」

相変わらずスキルを使う事なく対処を続け、徐々に体への傷が増え始めた零夜を見るに、倒す事が出来るのでは……などと考えていたが、それよりも早く遥が戦線に復帰してしまい、【マジックバリア】を張られてしまった。

「零夜、大丈夫!?」

「甘ぇ――」

「……、【ハンドレッズアロー】【インパクト】【ブラスト】。【ダブルショット】【クイック】【ペネ

トレイト】」

「チッ……」

「零夜、問題ない」

「【クインテット】【フィジカルバリア】」

零夜よりも遥の方が倒しやすく、邪魔だと思った俺は狙いを変えて遥の方へと2種類の攻撃を放つ。

片方は【フィジカルバリア】にしろ【マジックバリア】にしろ、毎回【デュオ】で弾かれてしまっていた物だが、もう片方は貫通力を高め、同じ場所へと4連撃を与える物だ。

ある程度の枚数はバリアを割る事が出来るだろう。

「うっ……危ない」

「2枚……2矢1枚計算」

数回は同じ場所を攻撃しないと割れないと思っていたバリアが、たったの2撃で割れると分かったのは助かった。

【追撃】のお蔭でデフォルト状態で同じ場所を2回攻撃する事が出来る俺にしてみれば、どんな攻撃でも【クイック】と【ペネトレイト】を同時発動すればバリアを砕ける事になる。

それにしても、さっきから気になるのが……。

「なんでスキルを――」

「――横文字は嫌いなんだよ。あと、てめぇはぶっ倒す！」

「……零夜？」

「【ショートワープ】」

横文字は嫌いなどと言うよく分からない事を言いながら、鬼気迫る表情で突っ込んできた零夜を、思わず躱してしまった。

後ろには姉がいる為、躱したら無防備な姉の下へと通す事になってしま——。

「【ハンドレッズアロー】【インパクト】【ブラスト】」

「【ノネット】【フィジカルバリア】【デュオ】【マジックバリア】」

「【騎士王の誓い】【ハイプロテクト】【ファランクス】【シールドディフェンス】」

「シッ——ぅお……遥！」

「【ノネット】【フィジカルバリア】」

咄嗟《とっさ》に、少しでも足留めを出来たらと放った攻撃は零夜にあっさりと斬り落とされたり、壁に阻まれたりと到達できず……姉への攻撃を許してしまった。

せめてもの救いは姉がそれに気づいていたのか、盾を構えてスキルを発動してくれたことだが……零夜の刀が姉の盾に弾かれ、零夜の〝体〟が後ろへと弾き飛ばされる。

「……？」

「一応私はタンク職なんだから……、簡単に倒せるとは——」

「——遥」

「分かってる。【ハイエンハンス】【炎嵐ノ障壁】——っぅ⁉」

それを受けて零夜は何かを感じたのか、自身の手元を見つめていたが、すぐに遥に指示だしをし……それによって、周囲一帯が炎の壁に覆われた。

「熱っ……状態異常？……解除されたな」

巻き起こる熱波によって左手に刻まれた紋様が、何かによってすぐに掻き消される。

既視感を覚えて姉の方を見てみれば、案の定というべきか……2ヶ所に紋様が浮かび上がっていた。

恐らく、俺の首が飛ばされた時と同様に、姉がスキルの効果で俺の被ダメを肩代わりしているのだろう。

「零夜……長く持たないかも……」

「了解」

「通さない。【領域射撃】」

遥の様子を見る限りだと、姉のスキルには反射の効果もありそうだが……それもあってか、姉を討伐しようと急ぎだした零夜を止めるべく、姉との間に割り込んで【領域射撃】を発動させる。

「ファイ、エン、姉ちゃんの紋様……いや、〝反射量〟を増やせる⁉」

最初はファイに姉の紋様を取り除けるか聞くつもりだったが、遥の様子を見た限りだと、姉よりも遥の方が力尽きるのが早そうなので、質問を変更した。

ファイにしてみればイマイチよく分からない質問だったのか、最初は首を傾げていたが……エンに耳元で何かを伝えられて頷いていたので、問題ないのだろう。

右手に紋様を宿し、刀に炎を纏って俺の攻撃を薙ぎ払っている零夜を姉の下に到達させない事が出来るか、と問われれば、少し返答に遅れが出るかもしれないが。

「ティア、出来たら姉ちゃんへのダメージ減少、あいつの刀の弱体化を」

今は姉に守ってもらっているのだ——やり遂げるしかない。

「イムは追い風を起こして。ヤミ達はいつも通り、お願い」

「遥」

「【ノネット】【フィジカルバリア】【ノネット】【マジックバリア】【ディメンションーーコントロール】」

「【次元ノ太刀】」

「……⁉　斬られ……てな——」

「……ぅ」

「姉ちゃん⁉」

『バリン』と、何かが粉々に砕け散る音と共に、姉がうめき声をあげ、零夜の体に切れ込みが入る。

そして……、

「あ、やば……」

「ごめん、零夜」

姉と遥が、同時に崩れ落ちた。

「ちょっ——」

「ごめん、レンジ先に死ぬ」

「……」

ポリゴンと化して消え始めた姉を見て、思わず零夜達の方を振り返ってみれば同じ様な光景が広がっていた。

出来れば姉が死ぬよりも前に倒しきりたかったのだが……姉が遥を倒してくれたからには、俺も零夜をぶっ倒すしかないだろう。

零夜はポリゴンと化していく遥を見て少し固まっていたが、だからと言って戦意がなくなる訳もなく……、

「ファイ達、矢とか全力強化でお願い」

即行で叩き潰して、討伐数を出来る限り増やしてやる。

「……」

「【テンスアロー】【インパクト】【ブラスト】」

何故か無言で黙りこくって零夜が動かないのをこれ幸いにと【魔力感知】の範囲内に入った敵モブへと攻撃を放ち、討伐数を増やす。

零夜本人が言っていた通り、横文字が嫌でスキルを使わないのであれば、【領域射撃：攻殺陣】の回避手段はないに等しく、トドメは【領域射撃：攻殺陣】を使っているタイミングに刺す事になるだろう。

問題は大抵の攻撃は簡単に斬り払われてしまう事だが……そこは頑張って隙を作ってなんとかしよう。

スキルを使うのであればある程度行動に予測が立つのだが、スキルを使ってくれない事もそれは

それで厄介だとは思わなかった。

俺もスキルの使用量を減らす……のはやめておくか。

「【ハンドレッズアロー】【クイック】」

「――シッ」

自分の腕を軽く斬り、赤く染まりだした刀を真横へと振った零夜を見て、思わず後ろへと回避行動を取る。

「妖刀《ようとう》みたいな感じか……？」

スキルを使う事なく赤い刃を飛ばして俺の放った攻撃の半数程を薙ぎ払い、自身の下へと辿り着いた矢もあっさりと切り捨てた零夜を見るに、あの刀には何か特殊な能力でもあるのだろう。

俺の持っている弓――繋精弓にも精霊の大幅強化や【Invisible Black Haze】と呼ばれるボスキャラへの特効能力があるのだから。

「【雷竜腕】」

両腕に雷を纏い、先ほどまでとは段違いの速度で接近をしてきた零夜へと、後ろに下がりながらスキルを使う事なく射続ける。

零夜の一振りで、【追撃】によって現れた矢を含む2本があっさりと薙ぎ払われた。

出来る限りの速度で連射をしているのだが、俺が連射をするよりも零夜が薙ぎ払う方が速い。

「【ダブルショット】」

「【クイック】」

「……」

【ダブルショット】と【クイック】の使い分けにより、間隔の全くない6連射が出来たが……それでも、二振りで対処されてしまった。

先の3本、後の3本という順に斬り払われたのだが、後の3本が少しだけ零夜の近くまで接近出来た事を考えると……15連射程度出来れば零夜の下へと届きそうだ。

「まあ出来ないんだけど……」

「【テンスアロー】【インパクト】【ブラスト】」

未だに無言で接近を続ける零夜の、周囲を通り抜けるように放った20本の矢。

零夜に首を飛ばされる前に戦ったキースさんとやらには上手く決まったブラフだったのだが、零夜は反応を示す事すらせず、20の矢はそのまま奥にいた敵モブを討伐するのみに留まった。

「行くぞ――【次元ノ太刀】」

「【領域射撃：攻殺陣】」

零夜の放った見えない攻撃と、俺が【領域射撃：攻殺陣】を発動した事で発生した空間の歪みがぶつかり……お互いを消し飛ばす。

「【領域射撃】」

それによって欠けた【領域射撃：攻殺陣】の穴から零夜が出ようとするも、それを認める訳が無く、【領域射撃】によって蓋をした。

零夜が言っていた通りにスキルを使わないでくれれば、これで決まった様な物なのだが……、

「は？」

「――フッ」

今までは右手だけで持っていた刀を、両手で構えなおした零夜が、空間の歪みごと矢を斬り払った。

「……〝間喰《まぐ》い〟も上手くいくもんだな」

「【ハンドレッズアロー】【クイック】」

〝間喰い〟が何なのかはよく分からないが、あの刀に備え付けられた空間に作用する能力か何かなのは間違いないだろう。

今まで【領域射撃】を根本から崩された事がないので考えてすらいなかったが、【領域射撃】は空間の歪みをどうにかしてしまえば発動が出来なくなるのだ。

だからといって空間に何かをされたというのをあっさりと認められる訳ではないのだが……、【領域射撃】が決定打になり得ない以上、俺が零夜を倒すのはより一層厳しくなった。

「逃げんなよ」

「【テンスアロー】【チェイサー】」

「チッ……」

放った矢のほぼ全てを切り捨てられる中逃げつつも、打開策を考え続ける。

ただ闇雲に矢を射続けるのでは意味がない。

魔法ならばと思ったが……空間を斬れる刀があるのだから、魔法も斬れて当然だろうし然程意味がないだろう。

強いて言うならば同時に放つことで、何個かを零夜の体に当てる事が出来るのかもしれないが……、先ほど想定した必要攻撃数は15回。

精霊の数が10体で、俺が連射出来るのが6本だから合わせれば足りるのだが……、それは飛ぶ斬撃による迎撃がなかったらの話だ。

折角だからやってみようとは思うが――、

「ファイ達、俺の攻撃に合わせるようにお願い」

「【ダブルショット】【インパクト】、【ハンドレッズアロー】【クイック】」

少しでも的を増やそうと考えて放った矢の大半、ファイ達が矢を象《かたど》って放った魔法の半数以上が飛ぶ斬撃によって撃ち落とされた。

「やっぱ無理か……、【ショートワープ】」

本気で攻撃するべく立ち止まり、一瞬で肉薄されてしまったので、一旦【ショートワープ】で距離を取る。

姉がいれば守ってもらえて、その後ろから射続ける事が出来るのだが、やはり俺1人になると逃げ回ってチマチマと削りに行くしか勝ち筋がないのだ。

「まぁ、チマチマ削る事すら出来てないんだけど」

こいつは絶対にぶっ倒す、と心の中で啖呵《たんか》を切ってはいるものの、それを行える手段がなく、否応なしに冷静にさせられる。

「……」

「……」

「【テンスアロー】【インパクト】【ブラスト】」

今出来る事と言えば、なるべくクランに貢献出来るように、零夜の隙を衝いて魔物を狩り続ける事のみ。

打開策を見つけられるまで出来る限り時間を引き延ばしたくても、スキルを使っているのは俺だけなので、時間が経てば経つ程不利になっていくのだ。

「……面倒くさいな」

レイナさんの様な一発の威力を強める事でなく、連射能力を高めてきた筈だというのに、未だに零夜の防御力すら抜く事が出来ない自分が腑甲斐ない。

レイナさんであれば斬り払う刀ごと零夜の事を吹き飛ばせそうな気もするので……俺が零夜を倒せないのは、純粋な力不足なのだろう。

「クソッ――」

「……」

一向にスキルを使う気配がない零夜と、スキルを使って魔物を狩ったりしながら逃げ続ける俺の、終わりの見えない鬼ごっこが始まる。

そろそろＭＰが心許なくなってきたので、そう易々と効くかどうかも分からない攻撃をする訳にもいかなくなってきた。

「……何か――」

「……」

大きな音をたてて起こった何かによって、大地が大きく揺れる。

音のした方向は十六夜さんが向かった山があった方向。

「……やっぱ山に何かあったのか？」

「【次元ノ太刀】」

「【ショートワープ】」

俺にしてみれば、山に何があったのか興味が湧いているので、そちらへと視線を向けてしまうのだが……零夜にしてみれば今の揺れはどうでもいい事のようで、未だに俺に狙いを定め続けていた。

「……あ、噴火？」

黒い煙が上がっている訳ではないが、石礫や火の玉が山を中心に四方八方へと広がり、山に火を灯したりと様々な影響を及ぼし始める。

それによって零夜に何か隙が出来ればそこを狙うつもりだったのだが、向こうも同じ事を狙っているのか、俺と周囲から目を逸らさないので行動を起こす事すら出来ない。

「【ハンドレッズアロー】【インパクト】【ブラスト】」

取り敢えず、クランに貢献する為に山から逃げるように離れてきた魔物の群れを一掃する。

残MPが本当にまずい事になってきたが、そろそろMP回復薬のクールタイムも切れるし、それである程度は持ち直せる。

問題は零夜が倒せない事なのだが……本当に、自身の攻撃手段の少なさが悔やまれる。

「……チッ、なんの意味もありゃしねぇ」

「……」

「──、一閃」

刀を鞘に納め、構えた零夜を見て俺も身構える。

その姿はアニメなどでよく見た事がある様な……抜刀術を使う姿勢に近かった。

と言っても、零夜が横文字スキルを使わないのであれば、たとえ抜刀術であろうとも使えない筈なので、来るとしたら赤い斬撃だろう。

「【テンスアロー】【アンチマジック】」

「シッ──」

想像通りにきた赤い斬撃を余裕をもって撃ち落とし、お返しとばかりに軽く攻撃──。

レイドボス『ラヴァスライム』が討伐されました。
討伐戦の残り時間は
10：00：00
です。

する前に、視界の前に現れた通知によって攻撃の一時停止が余儀《よぎ》なくされる。

カウントの進み具合から残りの時間は10分。

俺は攻撃を放つ寸前だったから良かったものの、もっと切羽詰まった状況だったプレイヤーだったら――まあいいか。

とにかく、それまでに零夜を倒す方法は……皆無に等しいだろう。

そうと分かった以上、今俺がすべきことはクランの為に零夜から逃走し、一体でも多くの魔物を討伐する事、なのだが……、

「……おい」

「ん？」

「どうせてめぇは逃げんだろ。最後に真っ向からぶつかり合わねぇか？　準備時間はやるから」

「……」

零夜の発言が、俺の何かに触れる。

……準備時間、となると【チャージ】を使う事になるだろうが……スキルの発動時間中1分間は本当に何も出来なくなってしまう。

ファイたちに予め、守ってもらうよう頼む事は出来るだろうが、スキルの発動中に【次元ノ太刀】などの攻撃を放たれてしまえば間違いなく死亡するのだ。

代わりに、【チャージ】を溜め切ってしまえば、【サウザンドアロー】を使う事も出来るので、零夜を倒せる可能性は飛躍的に上昇する。

要するに、この提案を受けるかどうかというのは俺が零夜を信用出来るかどうかなのだが……。

「分かった」

「よし――」

「……ただ、準備を始めんのは終了2分前で」

「2……？　まぁ、問題ない、な。良いぞ」

「ありがとう」

これから8分程猶予があれば、MP回復薬を3回飲めるので、MPをほぼ万全な状態まで回復させることが出来る。

提案を受けた時にはすぐに【精霊の加護】等のMPを大量に消費するスキルは使わないようにしているので……1万以上のMPを瞬間的に使う事が出来るようになる。

先ほどある程度の量の魔物を一掃した事もあり、クランの順位は8位以内には入れそうだったので……俺の個人的な我儘《わがまま》にはなってしまうが、最後の10分は零夜を倒すためのみに使わせてもらおう。

「……」

【チャージ】を使う事で消費MPを半減させられるのだが、その効果を適用させるのは【サウザンドアロー】と【インパクト】の合わせスキルで良いだろう。

消費MPを半分にしても6000。

それに追加する形で【領域射撃：攻殺陣】と【領域射撃】、【領域射撃：防殺陣】を使う事で零夜を制圧する。

零夜の【次元ノ太刀】は気になりはするが、【領域射撃】の際に生まれる空間の歪みと相打ちにする事が出来るのでそこまで深く気にする必要はないだろう。

問題は、零夜が俺の全力攻撃を抜けてしまった場合だが……その際は甘んじて殺されよう。
ただ――、

「絶対倒す」

生かす気はない。

全力でぶっ倒し……姉とペア戦に備えて色々と準備――例えば姉との連携の強化や所有スキルの内容共有、何かが起きた時、特に対零夜の予めの行動策を決める為の憂いをなくす。

「時間だ」

「【チャージ】」

討伐戦の残り時間が2分になったタイミングで、零夜の声と俺のスキル発動音が被る。

一応ファイ達に守ってくれるようにお願いしたとはいえ、零夜の事を完全に信用した訳でもないので、零夜から目を逸らす事はないようにしながら、1分間の経過を待ち続けた。

どうやら零夜の事前準備は刀で自身の体を傷つけるぐらいしかないようで、全く動かない俺を目の前にして暇を持て余していたが……攻撃はしてこなかった。

「【精霊王の加護】【精霊魔法：火】【火精霊の加護】【精霊魔法：炎】【炎精霊の加護】【精霊魔法：水】【水精霊の加護】【精霊魔法：土】【土精霊の加護】【精霊魔法：風】【風精霊の加護】【精霊魔法：雷】【雷精霊の加護】【精霊魔法：光】【光精霊の加護】【精霊魔法：闇】【闇精霊の加護】【精霊魔法：影】【影精霊の加護】【精霊魔法：無】【無精霊の加護】」

「【雷竜腕】【精霊魔法：風】【風精霊の加護】【精霊魔法：雷】【雷精霊の加護】」

「なっ……。【サウザンドアロー】【インパクト】」

初手は、2000本の矢による、【次元ノ太刀】を引き出す為の攻撃。

零夜が精霊魔法を使った事、その精霊の姿を俺が見つけられなかった事は驚きだが、この際それは気にしてられない。

飛ぶ斬撃で出来る限りの矢を撃ち落とそうとする零夜に対し、追い討ちをかけるようになるべくMPを消費しない方法で攻撃を加え続け……。

「ッチ――【次元ノ太刀】!!」

「【領域射撃：防殺陣】」

幾数もの矢が零夜に着弾する寸前に、【次元ノ太刀】を使わせる事に成功した。

【次元ノ太刀】による、空間を切り裂く攻撃は予め決めていた通りに【領域射撃：防殺陣】で対処し、【次元ノ太刀】と共に俺の下へと突っ込もうとしていた零夜の足を止めさせる事にも成功した。

「止まった、な？【領域射撃：攻殺陣】」

「クッ――ラァ!!」

「【領域射撃】」

前の時と同様に、零夜が両手で刀を持って空間を切り捨てようとしたタイミングに合わせて、少し離れた所に【領域射撃】を発動して蓋をする。

「つう……、ァァァァアア゛！！！」

これで決まったか……？　などと思いはしたものの、零夜は動きを止める事なく、最小限の動きで出来る限りの矢を切り落とし、【領域射撃：攻殺陣】の矢の弾幕の中で生き延び続けていた。

「【ハンドレッズアロー】【クイック】【ペネトレイト】」

【領域射撃：攻殺陣】の中にいながら、未だに生き続けているというのに驚きが隠せなかったがそれでも、追い討ちをかけるかけないは別の話なので全力で追い討ちをかけ、トドメを刺しにいく。

もう俺の残MPもほぼ0に等しくなってきた為、これ以上追い討ちをかけれないのだが……流石にこれで勝っただろう。

「勝っ――」

「――俺の……勝ちだ……」

10秒が経過し、【領域射撃：攻殺陣】の効果も切れたというのに、土煙の中から人が動く気配がなかったので、勝ちを宣言しようとしたのだが、それに言葉を覆いかぶせてきた零夜。

左手を欠損していたり、片目が潰れていたりと瀕死の重傷を負ってはいたが、それでも生き残ってしまった……。

「……負け、た？」

「あぁ……俺の勝ちだ……」

零夜の動きは鈍く、ゆったりとした歩きだったが、それでも確実に俺にトドメを刺すべく、近づいてきていた。

「次は――」

制限時間となりました。

プレイヤーの転送が行われます。


システム通知と共に、光に包まれだした俺と零夜。

トドメを刺されはしなかったが、これは完璧に俺の負けだろう。

転送される寸前に零夜が言っていた事だが――。

「――なっ、クソッ」

「絶対に、ペア戦で倒してやる」

零夜からの宣戦布告は受け取った。

イベント前はある程度うまく立ち回れれば良いと思っていたのだが……零夜だけはこの手で、ペア戦の時にぶっ倒す。

不意打ちをされたとか、それによって姉が死んでしまったとか、色々な理由はあれど。

一番は、〝彼〟のスタイルで、負けてしまった事への自身に対する言い表せない悔しさから、俺は零夜を、敵だとみなした。

システム通知に遮られた言葉を、零夜に言われた事へと言い返す気持ちで、言い直す。

「次は――俺が勝つ」

差異

「――おつかれー」

転送の際に発生した浮遊感が収まる頃合いに聞こえた、姉の気が抜けた声。

それに対して、戦闘明けすぐの様な雰囲気を発しながら返答をしていくレイナさん達を見て、死んだのは姉だけなのを察してしまった。

「お疲れ様です。最後の10分程度は順位が見れませんでしたけれども……私が最後に確認した時には4位だったので、まず問題ないと思います」

「だね～。私なんて討伐数0体なのに……ほんと、結構好成績じゃないかな？」

「ん……スライム、ラスアタ取られた……」

「山の反対側は平原が広がってたから俺は思っていた数倍は戦いやすかったぞ」

「私達は……まぁ、良い感じに討伐数を稼げた気がします」

各々が討伐戦中に何があったのかを触り程度だが話し、情報を共有していく。

姉は笑いながら『死んじゃったんだよね～』などと言っていたが、そもそも俺が不意打ちを受けなければ姉は死ななかった訳で……と考えると気が重くなる。

「そろそろ結果発表がある筈なので……結果発表後のパーティ戦用準備時間までには、パーティ戦の準備を終わらせるようにお願いします。パーティ戦用準備時間には少し動きの確認をしたいので」

「あ、レイナさん」

「はい、なんでしょうか？」

「私とレンジ、ちょっと冒険しに行っていい？」

「……？　ええ、全く問題ないですよ」

「ありがと。んじゃ、秘密の特訓するからペア戦は期待してて」

「はい」

「ちょ、姉ちゃん⁉」

「良いから。私はレンジに攻撃を通した事に納得がいってないのよ。レンジはレンジで何か思う所があるんでしょ？　難しそうな顔してんだし」

「……分かった」

元々姉と一緒に何処かで特訓の様な事を行い、あわよくば討伐戦中に考えていた様なスキルを得られないか……と考えていたので、姉の提案は渡りに船の様な状態だった。

姉のいう、攻撃を通した事については……どちらかというと俺の方が納得がいっていないのだが、そこらへんは姉と共に対処法を考えていければ良いだろう。

俺の予定では特訓に行くのはレイナさん達やソラのパーティ戦の応援をしてからだったのだが……。

まぁ、レイナさんから許可を取れたのだし、姉には感謝しておこう。

「んじゃ、行くわよ。レンジ」

「え、ちょ。討伐戦の結果ぐらいは――」

「――どうせ入ってんだから気にしない！」

絶対的な自信をもった姉の発言に納得させられ、手を引かれるようにクランホームから退室する。

確か、零夜の所属していたクランは【桜吹雪】。

ペア戦で戦う事になるのだから上位8同盟には入っている筈だが、クランなどは全く詳しくない俺は聞いた事がない。

「姉ちゃん。【桜吹雪】って知ってる？」

「知ってるわよ。王都の闘技場にいけば絶対1人はいるもの」

「へー……ってか王都の闘技場って行った事ないな」

「え……？　王都の闘技場って職業固有のスキルを獲得できるから王都まで来たら一番最初に行くべき所なんだけど……」

「……ま？」

「ま」

初耳である。

恐らくは……【○○の誓い】といったスキルの事だろう。

人工守護神獣や竜、精霊、獣等の守護者とも関係がなさそうなスキル名なのに、漢字が含まれていた事には違和感を覚えていたのだが……。

「まあ、今習得するのは厳しいわね。闘技場ってイベントで使われてるから」

「そっか」

「何？　あの二人組は【桜吹雪】のメンバーだったの？」

「うん」

「へぇ……ならペア戦はあの二人組かもね。【桜吹雪】ってソロ特化の人が多いから」

「分かってる」

「……ん？……まあいいや」

零夜から宣戦布告の様な事をされたというのに、出てこない事はないだろうから、食い気味に姉へと即答する。

それにしても……。

「姉ちゃん、どこ行くの？」

「第8の街」

「へぇ……あぁ。あそこ行くのか」

「そ。なんかよく分からない機能が沢山ありそうだったし、なんかあるでしょ」

「だね」

姉と俺が言っている〝あそこ〟というのは、第8の街の少し先にある遺跡の、更に地下にある『銃器訓練所』と呼ばれる空間の事だ。

王都の南にある古代湖の地下にある『災獣研究所』と似た様な雰囲気を発するその空間だが、姉と俺は【装備権限】という称号をクラン全体で獲得する為にも一度だけ挑んでいた。

「前回は変な試験みたいのがあったけど、今回は大丈夫な筈だし……ま、行ってみてからのお楽しみってやつね」

「出来れば連射能力を高めるスキルとか……あれば良いけど」

「あ、そういえば男の子の方、レンジの連射ものともしてなかったわね。私は自動で動く盾みたいのが欲しいわね。不意打ちを減らせるから」

「……今度は絶対斬り払いきれない程連射するから」

これは俺の中では絶対条件だ。

弓道を始める原因ともなった憧れの〝彼〟の連射能力が全く通用しないのは、俺自身が一番認められない。

あ、そういえば――。

「守衛領域？　ってどんなスキル？」

「あ、聞いちゃう？　どーしよっ……」

姉が喋るのと歩くのを止め、前を見据えたのでそちらを見ると……零夜と遥がいた。

あちらはあちらで遥が先に気付き、零夜の腕を引いた事で俺と目が合ったのだが……数秒程無言の硬直が生まれる。

「……」

「……」

「レンジ、私としては貴方に感謝してる」

「……？」

俺と零夜の硬直を見てか、零夜を引っ張りながら俺の下へと近づき、唐突に感謝の言葉を告げてきた遥に、思わず困惑してしまった。

まぁ、その後に続いた遥の言葉で、すぐにそういった感情は消し飛んでしまったが……代わりに、変な声が出た。

「貴方がいるおかげで、零夜が超えていけるから」

「あ？」

「……私の弟を踏み台にしようとしたら余裕で足をすくわれるわよ？」

「……俺が、勝つ。レンジがなんであろうとも」

「……討伐戦の通りにはいかせない」

「そんな事分かってる。停滞していたら——たりえない」

零夜の声が低いからか、もしくはそもそも俺に伝える気がなかったのか。

どちらにせよ、微妙に聞こえなかった部分はどうでも良いが……、

「舐めんな」

「？　こんな所で躓《つまず》いてたら、至れない。レンジ、お前に勝つ事は俺の中では通過点、だ」

通り道扱いをされている事に、腹立ちを覚えざるをえなかった。

俺にしてみれば、零夜は通過点ではない。

強いていうならば、的。〝彼〟の強さを証明する証として利用しようとしている感は否めないが、それでも『敵』だ。

それ故に、零夜と俺の意識の差が、否応なしに心に残る。

言いたい事を言い終えたのか、去っていく零夜にかける言葉が思い浮かばず……ただ、立ち去っていくのを見送ってしまった。

「……で、話戻すけど守衛領域ってどういったスキルなの？」

零夜と遥が視界からいなくなり、俺なりに無理やり整理を付けてから、話を戻す。

「よく話戻したわね……。単純に、範囲内の味方の被ダメとかデバフを肩代わり。ついでにダメージとか諸々を反射するだけのスキルよ」

「俺、初手で死んだ気がしたんだけど……」

「あー、あれ？　私も間に合うか不安だったけど、間に合って良かったわ」

間に合ったからと言って、それで姉が戦闘を続けるのが難しい状況になってしまえば何も意味がないのだが。

感知系のスキルを強化するべきだろうか……？

「あ、流石に死者蘇生《そせい》レベルは同じぐらいの代償を……同じぐらい？　レンジと私の両耳が――」

「……純粋にＨＰが低いからだろ」

確か姉のＨＰは１万程度あった筈だ。

俺のＨＰが、光精霊のリムによって強化されていない状況で１００。

リムに限界まで強化してもらって１２０なので、格の違いが見てとれる。

「……私は騎士職なんだし、レンジは守られた事をそんな気にしなくても――ん？　あ、やっぱ気にしてくれていいから、料理当番――」

「――分かった、気にしない事にする」

折角だから厚意に甘えておこう。

もう二度と同じヘマをやらかさなければ良いだけの話だし……ペア戦では不意打ちをされる事もないだろうから、ダメージを食らわないように、いつも通りの立ち回りをしていれば良い。

「あ、今回は私が地下への道見つけるから」

「了解」

『銃器訓練所』に行く為の階段は、遺跡フィールドの徘徊ボスでもあるリッチを倒した時にまれに出現する。

前回来た時は俺が一発で引き当ててしまった為、姉が戦う機会がなかったのだ。

別に俺は戦わなくても良いので、姉にも一発で引き当ててもらって――。

「……」

「……」

「さ、次探すわよ」

「ん」

遺跡に入った瞬間に出合い頭に遭遇したリッチを、姉が盾で殴り殺す。

地下への階段は出てこなかったが……次を探せば良いだけなので、遺跡の奥へと進んでいく姉の後ろを付いていく。

それにしても、イベントの時も思ったのだが、姉の場合下手に剣で斬り付けるよりも盾で殴り飛ばした方がダメージが出ているように見える。

「姉ちゃん、剣で斬るのと盾で殴るの、どっちが強いの？」

「そりゃ、殴り飛ばす方でしょ？」

「いや、そんな『何当たり前の事聞いてんの？』みたいな顔されても困るんだけど……」

姉の事を考えると……剣は見栄えの為に持ってるだけ、などと言い出しそうなのでこれ以上は聞かないでおこう。

「姉ちゃん」

「ん、レンジ、勝手に倒さないでよ？　私が殴り倒すんだから」

「フリ？」

「んなわけ」

遠目に見えたリッチの方を指差し、姉の視線を誘導する。

あの距離であればここからでも俺は倒せるが……まぁ、姉が地下への階段をドロップさせたいと言っているのだから、やってもらえば良いか。

「露払《つゆはら》いは？」

「お願い」

「了解【テンスアロー】【インパクト】【ブラスト】」

リッチまでの道中にいたゾンビやスケルトンなどを倒して姉が通る為の道を確保し、行ってもらう。

「誰が倒したって同じだと思うけどなぁ……」

即行で俺の下から離れ、リッチを殴り飛ばした姉を見るとなんとも言えない気持ちが沸き上がり溜息が漏れるが……。

「レンジ、階段出てきた！」

「おめでと」

「んじゃ、行くわよ。今回は撃たれないと良いんだけど」

前回入った時に、遠距離から銃器で頭を狙撃された姉から漏れる、切実な声。

狙撃されたのにピンピンしていたから良いじゃん、とは思うが実際に撃たれるのでは何か思う所があるのだろう。

「で、姉ちゃん」

「なに？」

「俺前じゃなくても良くない？」

「後ろから攻められる事を警戒してるのよ、多分」

「……はぁ。取り敢えず、何か良い物見つかると良いね」

情報と推測

「ちょ、レンジ！　これレールガンって奴じゃない!?　って、掴めないんだけど？……【装備権限】のレベルが足りません？」

「姉ちゃん。自動で動く盾、見っけたよ」

「いや、それ。見た目そんな好きじゃない」

「……まぁ、装備できないから良いんだけど」

姉が見ているレールガンに求められるのは恐らく【装備権限Ⅱ】という称号。

【装備権限】しか持っていないであろう姉には装備できず、【装備権限Ⅱ】を持っている俺はレールガンを装備できるのだが……それを姉に知られると面倒くさい事になるのは間違いないと思うので、伝えていない。

「姉ちゃん、ここなんだと思う？」

「遺物の保管庫じゃないの？　どの装備も頭にＬｅＷって書かれてるし」

「……確かにそうかもしれないけど」

姉には見えないので仕方ないのかもしれないが、ここに来てからファイ達の元気がなくなっていた。

元気がなくなるというよりかは縮こまる、といった風で、いつもは自由に飛び回っているファイですら、俺の肩に座って動かないのだからその異常さが窺える。

「なんかなぁ……」

ファイ達が一番恐れているであろう方向を見れば、姉と俺がこの空間に来るのに使った魔法陣とは違った、不吉な雰囲気を放った魔法陣がある。

まあ、不吉な雰囲気と感じたのはファイ達の怖がり方に影響されているのは間違いないが。

「ね、レンジ。この遺物って1人何個まで持って行けると思う?」

「多分……称号につき1つ?」

「……〝つき〟?」

「多分だけどね」

先ほどから、色んな遺物を手に取っては能力等を確認しているが、毎回『【装備権限Ⅱ】と接続しますか?』といったシステム通知が流れてくるのだ。

接続した時に何が起こるか分からない上に、これといった遺物も見つけられていないので未だに接続はしていないが、称号と遺物が一対一で呼応しているのは容易に想像がつく。

だからこそ、姉も俺も持っている【装備権限】に呼応する遺物を1つも見つけられていない事が不思議でしょうがないのだが。

「……ちなみに、レンジは何個持ってるの?」

「……。……【装備権限】と【装備権限Ⅱ】の合わせて2つ」

「私も【装備権限Ⅱ】、欲しいんだけど」

「古代湖のレッサーザラタンを1人で討伐して、湖底にある魔法陣の先にいけば獲得出来るよ」

実際の所はレッサーザラタンのMVP討伐で良いのだが、姉の職業上マルチで行くとMVPは厳しいと思うので、こういった言い方をしている。

【装備権限Ⅱ】に関しては、自分から言う気はなかったのだが……まぁ聞かれてしまったので仕方がない。

「今から行くわよ」

「……勝てないでしょ」

「流石に勝て……いや、無理ね。体格差がありすぎて【シールドバッシュ】でダメージを与えられる気がしないわ」

俺のように、遠距離から大火力を放つ事が出来るのであれば問題ないが、姉がレッサーザラタンと1人で戦うとなると……100m近い巨体に盾で殴り掛かるというムリゲーとしか思えない行動をしなくてはならなくなるのだ。

「……ん？　何この丸い球体……ＬｅＷカプセル？」

「何か見っけ――姉ちゃん、それ何処から湧いたの……」

様々な遺物を手に取りながらの会話だったので、姉の方は碌に見ていなかったのだが……今見ると、姉の周囲に幾つもの丸い球体が浮かび上がっていた。

どれも色が少し違い、個性があるように見え――。

「んじゃ、これにしよ。えっと……我、――――と契約す？　かな？　お、出来た」

「ちょ、何やってんの姉ちゃん⁉」

「いや、なんか。【装備権限】と接続できますよーみたいな通知が出たから、好きなのを選んで接続？　した」

「……えぇ」

「っていうか、レンジの周囲にも色々浮いてるわよ？」

「え？……ほんとだ……」

確かに、姉に言われた通り俺の周囲にも色とりどりの丸い球が浮いていた。

姉が選んだのは緑がかった丸い球だったが……って。

「姉ちゃん、球どこいったの？」

「あー……なんか、クエスト？　発生して見えなくなった」

「……俺もやるか」

正直、どの色がいいなどという物が無い為、適当にこれかな？　と思った球体を掴み取り、姉に倣うように契約を交わす。

遺物クエストが発生しました。

魔物を一定数討伐する。

０／１００
災獣を討伐する。

0／1
Black Haze を討伐する。
0／1
魔大陸に一定時間滞在する。
0／1：00：00

「え」

「やっぱそうなるわよね？」

「1番上以外が……って、そういう事か？」

魔大陸。かつて人族、精霊人族、獣人族が混在し、1つの国が統治していた大陸だ。

現在俺などのプレイヤーが活動をしている新大陸のNPCは全て、魔大陸から逃れてきた人達である。

……既に魔大陸は滅んでいる、らしい。

滅んだ原因は人族、精霊人族、獣人族のそれぞれの守護神であった竜神、精霊神、獣神の消滅。

それと同時期に出現した災神によって作り出された災獣達が主だが、このゲームのワールドクエストである『Invisible Black Haze』というのも、魔大陸が滅んだ原因の一つである。

まぁ、Black Haze に関しては人が作り出した化学兵器だし、竜や精霊、獣を操る事を目的とした物なので災獣とは少し違った話になるのだが。

それでも、現状魔大陸には災獣と Black Haze が大量発生しているのは間違いなく……、このタイミングで現れたこのクエストは、ファイ達の恐れる魔法陣の行き先を示していた。

「……どうする？」

「行くっきゃないでしょ」

「だよね……送還するか」

俺の送還という発言に慌てふためき、挙動不審な飛び方をした後、魔法陣への道を塞いだファイ。

「……ごめん、行ってもいいかな？」

「ん？　どした？」

「姉ちゃんには言ってない」

「りょ」

頭上からの髪の引っ張り度合いも強まった事から、魔大陸へと行く事に関して肯定的な精霊はいないようだった。

いつもは自由に漂っているファンやエイですら、大人しい。

……が。

「ごめん、零夜を倒す為にも行かなきゃなんだ」

ティアやアースがいつも以上に涙目になっているのを見ると罪悪感が湧くが、零夜を倒す為にも新しい力が必要なのは間違いなく、魔大陸にいけばそれを得られるのも間違いないのだ。

いつもであればファイ達に押し負けて魔大陸に行くのを断念しただろうが、零夜は絶対に倒す。

これは俺の中で決定している事なので、魔大陸へと行く事を変える気はなかった。

「……送還するか。Black Hazeが怖いのは俺も一緒だし」

ないとは思うが、Black Hazeにファイ達の体が乗っ取られる事など起きたら、笑えない。

そういう意味でもファイ達の懸念ももっとも――？

「違う……？」

俺のしたBlack Hazeの話は的外れだと言いたそうな雰囲気を醸し出すファイに、思わず困惑する。

頬《ほお》を膨らませて拗《す》ねている理由も分からなければ、それだと何を恐れているかも分からない。

「災獣がダメなの？」

災獣がダメ……という訳でもないらしい。

「じゃあ……魔大陸そのもの？」

……でもないらしい。

「だったら後は……災神ぐらいかな？　あ、それか」

災神というワードに対し、過剰に反応したファイを見て、思わず納得する。

俺が持っている神に関するスキルの中で、【精霊神の残影】という物があるのだが、それの最後の記憶が、災神に取り込まれた後に見る、滅んでいく都市の光景なのだ。

取り込まれる可能性がある事が怖いのか、それとも神という存在が怖いのか。

ファイは今中級火精霊だが、神とは比較対象にすらなり得ないのは間違いない。

〝彼〟の世界でも、ちょっとした霊では神を前にすると圧に耐えきれずに消滅する、みたいな話があった様な気がするので……ファイは恐らくそれを懸念しているのだろう。

「……確かに、そうなるのはダメだな。送還……はダメなんだよね？」

『コクコク』と頷くファイを見ながら、どうにかして打開策がないか考える。

……弱い霊だと耐えきれないなら、常時加護を発動させ続けて、俺との繋がりを強くすればいけたりしないだろうか？

問題は……なさそうだな。

「【精霊王の加護】【精霊魔法：火】【火精霊の加護】ファイ、これでどう？」

ファイがいつも通りの元気を取り戻したのを確認してから、他の加護も全て発動させて姉に準備の完了を告げる。

「にしてもレンジ……私も精霊見てみたいんだけど？」

「他人の精霊を見るには最低でも【精霊視Ｌｖ．２】が必要だから……最低でも3体は精霊を召喚する必要があるね」

「……私『Black Haze』倒した事ないから、獣以外のクエストを発生させた事ないのよね。折角だから魔大陸で沢山倒さない？」

「出来たらね。……無理だと思うけど」

元々はそれぞれの守護者のクエスト、要するに人族は竜、精霊人族は精霊、獣人族は獣の加護しか得られないのだが……Black Hazeに取りつかれた『堕ちた○○』を討伐すれば、それに対応したクエストが解放されるのだ。

俺の場合は『堕ちた中級土竜』というのを倒した事があるので、人族ではないものの土竜の加護を得るに至っている。

「……それにしてもレンジ。傍目《はため》から見るとだいぶ痛い――」

「――行くよ」

「あ、うん。冗談だから、ね？」

「……分かってるから、行こう。早くクエストをクリアしてみたい」

「りょ」

姉を促して先に魔法陣に乗らせ、姉が転送されたのを確認してから、俺も魔法陣の上へと飛び乗った。

「――ここが、魔大陸？」

「レンジ、出口を探すわよ」

「うん」

ゲームを始めた最初に取って、それ以降使われなくなったスキルである【暗視】と、ファイ達の仄かな光が活躍し、ここが何処かの地下空間である事を知らせてくれた。

「……イム、風の出入りがある方に案内して」

「お……？　レンジ、道分かったの？」

「いや、風の通り道を見つければ出口を見つけられるんじゃないかなぁって」

「あぁー……」

イムが元気そうに動き出したのを視界に入れながら、姉と共に移動を開始する。

「レンジ、ここ出たらどんな所に出ると思う？」

「んー……更地。姉ちゃんは？」

「そりゃ、城跡よ。更地なんかよりそっちの方が楽しそうだし」

この地下空間から出たらどんな光景が広がっているか。

そんな何気ない話をしながら、石を吹き飛ばしてどかしたり、階段を登ったりしている内にようやく――。

「あ、太陽の光？」

「……思ったよりも暗いな」

階段の先に、太陽の光が見えてきた。

遠いからかもしれないが、新大陸にいた頃に比べて心なしか暗く見える太陽光を目指して歩き続け……ようやく外に出る事が出来た。

「……曇《くも》ってるわね」

「……更地？　じゃないか」

「流石にこれじゃ、更地とは言えないわよ」

武骨な岩肌の隙間から出てきた姉と俺の視界に入った最初の物は間違いなく、海だ。

ただ、やばそうな……かつて戦ったシーサーペントの完全上位種の様な魔物が戦い、嵐を巻き起こしているので、少し目を逸らしてしまったのはご愛敬だろう。

「……レンジ、ここ一応建物の跡みたいのあるけど……本当に人住んでたのよね？」

「多分……？」

海から目線を逸らして内陸側を見てみれば、灯台の様な物が一つ、ポツンと建っていた。

勿論、灯台だけとして存在している訳もなく、灯台に絡みつくように存在する大蛇らしき魔物や、大蛇を守護する沢山の魔物の姿も見えるのだが。

「……思ってたよりやばいわね。取り敢えずあの灯台を制圧したいんだけど、レンジいける？」

「あの大蛇、多分災獣だから結構怪しいと思う」

「……。あの灯台からレンジに固定砲台をやってもら――」

「ギュアアアアアアア！！！」

「シャアアアアアア!!」

姉の声が聞こえなくなる程の大きな声で吠えたシーサーペントらしき魔物達がぶつかり合い、突風が生まれる。

「っちょ!!」

「……、少し地下に戻るわよ」

「うん」

「……で、どう思う？」

「無理じゃね？」

海で戦っていたシーサーペントらしき魔物は、両方共に大きさが数百メートルはあった。

灯台に絡みついていた大蛇であっても、１００ｍ近い大きさを誇るのは間違いないし……そもそも、突如発生する突風やら雷を無視して戦えるとも、思えなかった。

せめてもの救いはここが〝魔大陸〟ではなく、魔大陸の近くにある島であろう事だが……それも救いといえるかは怪しいだろう。

因みに島だと判断した理由だが、海岸線があまりにも曲線を描きすぎているから、一瞬だけだが灯台の更に奥の方に海が広がっているように見えたから、という事だけなので確証があるかすら怪しい。

「……戻る？」

「いや、やる。取り敢えず災獣、Black Hazeに関しては弱そうなのを探したい」

「りょーかい。んじゃ、また出なきゃいけない訳だけど……此処にいても分かるぐらい大雨降ってない？」

「……降ってるね」

「少し作戦会議をするわよ」

「了解」

シーサーペントらしき魔物同士の戦いによって生まれる沢山の音をBGMに、姉と共に真面目に作戦会議を始める。

「まず、『Black Haze』だけれど……多分この感じだと災獣よりは圧倒的に楽だから、私が攻撃を加えたら即行でレンジに倒してほしいんだけど、出来る？」

「1回だけなら問題ない」

俺が使っている繋精弓の能力の1つである【Black Haze特効】は数日単位でのクールタイムがあるのだが、それ相応の威力を放ってくれるので……『Black Haze』の取り付いた守護者の階級が上級程度であれば問題ないだろう。

問題はこんな状況で『Black Haze』を見つけられるかだが……そこは頑張って見つけるしかない。

「で、災獣だけど……出来れば他の魔物に邪魔をされたくないから、良い感じのを見つけても、挑むのは近くに他の敵がいなくなってから、で」

「分かった」

「……ってか、あの海の奴倒せる気がしないんだけど、レンジ弱点とか知らないの？」

「知ってるわけないでしょ……」

もしかしたら、古代湖の地下にあった災獣研究所という施設の中を探し続ければ見つける事は出来るのかもしれないが……現状、俺は知らない。

「だよねー……じゃ、災獣に関して知ってる事、共有するわよ。まぁ、私の情報は【Recorder】のだけど。はい、レンジから」

「……ん」

災獣の情報に関しては、たとえ情報の最先端を行くクラン【Recorder】であっても負ける気はしない。

ただ、何処までを姉に伝えるか……だが、まぁグドラ以外は伝えても良いだろう。

土竜の核を使って【召喚】スキルを使ったら災獣を召喚した。などとは言える気がしない。

「取り敢えず、災獣は基本的にユニーク種？　って感じで——」

「あ、それは知ってるわね。たとえ同じ災獣でも災獣同士じゃ子供を作れないから種として認められないって話でしょ？」

「うん。で、災獣それぞれでスキルが5つだったかは確定であるんだけど」

「へぇー……ん？　よく考えたらなんで【Recorder】が知らない情報をレンジが——」

「まあ、良いじゃん」

「……そうね？」

納得のいかなそうな顔をしている姉を、話の途中だったこともあり適当にごり押して話を続ける。

姉としては俺が知らない事を【Recorder】の情報を基に捕足するつもりだったのだろうから……色々と困惑に拍車をかけていた。

「——で。5つのスキルの内3つは種族の固有スキルみたいなやつな筈。災獣になる前の特性を示したやつが1つ、災獣になった際に得た能力が2つね」

「……うん？」

「で、残りが【眷属生成《けんぞく》】と【侵食】。多分【侵食】は——」

「——ちょっと待ってレンジ？　それ【Recorder】も知らない情報だと思うんだけど？」

「いや、今多分情報漁《あさ》るのに夢中で公開出来てないだけだと思う」

「……古代湖の地下の奴？」

「うん」

「だから【Recorder】が古代湖のボスを周回し続けてたのね。MVPねぇ……」

今の所は古代湖の地下にある『災獣研究所』でも書かれている情報しか喋っていない。

だが、『災獣研究所』ではスキル名に関しては色々と載っていたがスキルの効果説明などはなかったので、その部分に関しては間違いなく、俺の方が詳しいだろう。

「で、続けるけど」

「うん」

「災獣の【侵食】がある限り、500m以上近づいたら確実に気づかれる」

「うん……？　灯台まで500mあったっけ？」

「それはあったから大丈夫。大体600mぐらいはあった」

「へぇー……」

【暗視】同様、初期に取ってから全く印象のない【目測】というスキルを使って測った結果なのだ。

多少の誤差はあれど、100mも間違う事はない筈なので問題ない。

「【侵食】のスキルの説明が〝世界を作り替える〟とか、〝自身の領域を作り出す〟とかだから、500m以内はその災獣に有利な環境が広がってる筈」

「あの大蛇は……岩場？」

「多分そうなると思う」

「ふーん……ってか、それじゃあバレないように災獣を捕捉するって無理じゃや」

「……なんとかなる……んじゃやない？」

「ってかあの大蛇の領域内に入らないのも――……？　ん？」

「どうしたの？」

「あ、いや。ちょっと考えるから待って」

「了解」

姉が真面目に考え事を始めたので、俺は俺でファイ達の様子を見ながら、戯れる。

此方に来る事を渋っていたから、どうなるかと不安ではあったが……この感じだと、よっぽどの事がない限りは大丈夫だろう。

「あ、ＭＰ回復薬飲まないと」

ふと、ＭＰ回復薬を飲み忘れていた事を思い出し、ストレージから取り出して飲み干す。

【精霊王の加護】などを発動してようやくファイ達の様子が安定したというのに、ＭＰ切れでスキルが切れてしまったら笑えない。

「レンジ……」

「ん？」

「朱雀って、守護神獣だったのよね？」

「うん、厳密には人工守護神獣だけど。どうかしたの？」

「いや、私もレンジも。朱雀に貰ったスキルに〝領域〟って単語が入ってるから何か関係あるのかなぁって」

「んー……分かんない」

俺が知る限りでは零夜と遥のアクティブスキルには〝領域〟という単語が入っていなかったのでないと思う。

……が、人工守護神獣『朱雀』が災獣と『Black Haze』に滅ぼされた国の、生き残りである事、『災獣研究所』で人工守護神獣『朱雀』に挑む事を促された事などを考えればないとは言い切れない。

「んー……けど、私のスキル。発動中は範囲内全てを知覚出来るわよ？」

「……頭痛くなりそう」

俺のスキルの場合は……よく分からない。

今まで意識した事がなかったのでそういうタイミングは【気配感知】などを発動している事もあり、あったのかすら分からないのだ。

【気配感知】とかと同じ感じだから問題ないわよ。ってか、今その話してないでしょ……」

「けど確かに、似てるかもね」

「でしょ⁉」

因みにだが【気配感知】などのスキルは気配、熱、魔力などをそれぞれで、方向がある程度認識でき、そちらへと意識を向ける事で感覚的に正確な情報を読み取れる感じなので、頭が痛くなる事はない。

「……姉ちゃん、討伐戦の時、俺が〝領域射撃〟を放ったの分かった？」

「ん？　あの全方位に矢が拡散したりした奴？　あれ、多分私の領域乗っ取りながら発動してたわよ。大量の穴があった感じで凄い気持ち悪かったから」

「……まじか」

幸いな事に俺のスキルが姉の【守衛領域】のメリットを潰すという事はないだろうが、今の発言のせいでここではブラッドスキルをそう易々と使えなくなってしまった。

姉曰く、領域の乗っ取り、というよりも、所々に穴が空いたりするのは気持ち悪く感じるようなので……災獣がそれを受けて何かを起こしてしまうのでは、と考えたのだ。

「なるべくブラッドスキルを使うのはやめよっか」

「……なんで？」

「いや、変に災獣を刺激したくないじゃん」

「戦闘中だったら変わらないとは思うけど？」

「……そう？」

「そうよ」

姉曰く、自身の領域を奪われるのは凄く気持ちの悪い事らしいので災獣達がどんな反応をするのか分からないのが嫌なのだが……確かに姉の言う通り、そういった要因で戦闘中に突如パワーアップするスキルを災獣は持たない筈なので問題ない……のかもしれなかった。

「まー、そこら辺は臨機応変に対応する感じで」

「起こった後じゃ遅い気が――」

「――で、話戻すわよ。レンジ、災獣の情報は他にはないの？」

「えっと……」

俺が知っている他の情報は、災獣の成り立ちから寿命の有無、特定種類の災獣の詳しい情報、等だ。よく考えればそこまで知っておらず、今回役に立ちそうな情報と言えば……。

「蛇型の災獣って再生能力高い事が多い……筈？」

「……、今んとこ見てきたのは避けるわよ。再生されたら倒せないかもしれないわ」

「うん」

「んじゃ、次。『Black Haze』。ってか私見た事無いんだけど……レンジあるの？」

「あるよ。中級土竜の『Black Haze』が取りついた事で『堕ちた中級土竜』って名称になってた」

「へぇー……戦ってみてどうだった？」

「えっと……」

戦ってみてどうだったと言われても、初めて挑んだ時は初手の行動阻害をもろに受けて一瞬で殺され、倒した時は一瞬で倒したので戦ったとは言いづらい。

一応は倒した以上戦ったのだろうが、俺の中でも戦ったという印象は全くないのだ。

「……」

「……ま、良いわ。じゃあ『Black Haze』と戦う上での注意点とか、『Black Haze』の情報とか、ある？」

「注意点は特にない。情報は……名前の通り、黒い霧の様な見た目をした化学兵器だから、『Black Haze』が取りついた竜、精霊、獣は黒く染まってて見た目で判別できるよって事ぐらい？」

「了解。災獣みたいなやばい能力はないのね？」

「うん。竜、精霊、獣の体を乗っ取って使うだけだから突拍子もない事は起こらない筈」

「……ん？　Invisible 要素は？」

「……基本的に黒い霧への直接攻撃が出来ない事じゃない？　あとは、見た事がないからあれなんだけど、姿を透明にする事も出来るらしいよ」

「へぇ……」

厳密に言うと物理、魔法攻撃が『Black Haze』には一切通じないだけで、竜、精霊、獣による攻撃は通用する。

獣にはアクティブスキルがないのであれだが、竜のスキルである【○竜腕】、精霊本体による攻撃等だと Black Haze に直接ダメージを与えられる筈だ。

俺が初めて倒した時は精霊の力を借りてだったので分からないのだが、【瞬光】に所属している友人のナオ曰く、竜や精霊の力を使って倒さないと、依り代本体を倒してもその後に『Black Haze』とも戦わなくてはいけなくなるらしい。

「……まあ、なんとなくは分かったわ。じゃ、雨も止んだ様だし行くわよ」

「了解」

精霊と感情

いつの間にか雨が止み、静かになった外を見て姉が移動を開始する。

ここに初めて来た時よりかは心なしか明るくなったが……、

「まだやってるわね……」

「離れただけか……」

それは戦闘が遠く離れた所で行われるようになっただけであり、戦闘が終わった訳ではないようだった。

ここから内側の方へと移動して災獣や『Black Haze』を倒している間に戦闘が終わってくれれば良いのだが……陸に近づいて戦闘する事だけはやめてほしい。

「じゃ、行くわよ。灯台にはこれ以上近づかないように……今丁度あれ等も離れてるから海岸沿いを動くわよ」

「了解」

荒れた海が波打ち、偶に1、2m程の高波が発生していたが……それでも、灯台にいた大蛇と戦う事になるよりかはマシだろうと判断しての行動。

泳げない俺にしてみても、『災獣研究所』で得た、災獣〝ザラタン〟の力を持ったマジックリングのおかげで【水中行動】というスキルを得ているので、水辺であっても問題ない。

大きな波が岩場にぶつかり、消えていく。

「……今あそこの岩動いた気がする」

「そう？……んじゃ、レンジ。試してみて」

「了解【ダブルショット】【ペネトレイト】」

大きな波がぶつかった影響か、それともそれ以外の何かによって動いた岩を見つけてしまったので攻撃を加え……岩が砕け散る。

「気のせいだったか」

「そうね。どちらにしろ海辺で戦う訳にもいかないし……敵じゃなくて良かったわ」

安堵の為か息を吐き、移動を再開する。

それにしても……。

「思ったよりもこの島、狭い？」

「そうかもしれないわね……。灯台が中心だったら笑えないのだけ――ッ!?」

「……ん？」

姉が話の途中に跳ね飛び、少し内陸側の岩場へと回避行動を取る。

一拍遅れてそれに追随するように俺も姉の下へと移動したのだが……、

「姉ちゃん、何かあった？」

「いや……なんか海から変な気配？　かなんかを感じて……スライムみたいのがいる気がする」

「……姉ちゃん、それ手に負えない奴」

「知ってるの？」

「一応似た様なのでレイクスライムっていう災獣がいるんだけど……大きさが湖そのもので。物理攻撃も魔法攻撃も効きづらかった筈だから、手に負えない」

「……レイク？……、ここ海よね？」

「うん」

確かレイクスライムは猛毒に弱いらしいので、攻撃手段がない訳ではないのだが……、海にいる――シースライムが同じく、猛毒に弱いとも限らない。

そもそも俺が猛毒を使うには姉にパーティを解除してもらわなければいけなくなるので、あまり現実的でもないだろう。

「……、内側は蛇型の災獣がいるし――ってレンジ？」

「ん？　な――えぇぇぇぇぇ!?!?」

片足を掴まれ、上下が逆さになった状態で真上――俺にとっての真下へと引き上げられ……謎の浮遊感が発生した。

「ちょ、レンジ!?　落ち着いて、頑張ってなんとか逃げれるから、えっと、海に矢を射れ……いや、その姿勢じゃ無理よね!?」

「姉ちゃんが落ち着……ってか俺どんな状況!?」

【気配感知】や【熱感知】には一切の反応がなく、多少はあった【魔力感知】も何故か、意識から

除外していた。

魔物を前にした時の様な緊張感も一切湧かず、それが尚更混乱に拍車をかける。

「え、えっと、鞭《むち》？　じゃない、触手!?　そう、触手。青……曇り空のせいで分かりづらいけど黒っぽい青？　色の触手に掴まれてる!!」

「黒？　触手？　え、どうゆ――あぁ……」

「え、ちょレンジ!?　な――」

右足を掴んでいた触手が離れた感覚と共に、海に落ちる……事無く包まれた周囲の感覚にようやく、大体の事に合点がいく。

「……これ、スキル発動できるか？」

周囲を、『Black Haze』に取りつかれた水精霊に囲まれた状態。

ファイ達が1人も付いてきて……いや、頭上に張り付いていたヤミとライはそのままだな。

姉よりも海から離れ、身構えていた筈なのに俺が狙われた理由は精霊を所有しているから、又は【精霊王の加護】、【精霊神の残影】があるからだろう。

現状すぐに攻撃をしてこず、堕ちた水精霊は俺の周囲を包み込んでいるだけ、ヤミとライに危害を加える様子もないので焦る必要はない……筈だ。

「海底の方に移動されると流石に厳しいけど……」

姉の気配は未だに感じ取れているから、問題はないだろう。

ヤミとライの様子は……少し『Black Haze』に興味を示しているようにも見えるが、おっかなびっくりといった様子なので問題なさそうだ。

少し『Black Haze』に対しての反応が鈍くなっているが、それのせいでヤミとライ以外の精霊はついてこれなかったのだろう。

ファイ達と長期間離れてるのもあれなので……、

「出るか。【ハンドレッズアロー】【エンチャント】『水』」

水精霊に攻撃を加えて、脱出を図る。

出る分の隙間がなくても、外側の景色さえ見えればそこに移動できるので、なんとか移動を成功させた。

「【ショートワープ】【スカイジャンプ】」

「あ、出てきた」

「……え、何これ？」

パッと辺りを見渡しただけで、海が燃え、風が吹き荒れ、地面が割れ……部分的に空間が歪んで見える所もあるが……。

「姉ちゃん？」

「な訳ないでしょ。ってか分かってて言ってるわよね？」

「うん……まぁ」

以前も……確か試練の森にいった時に、好きに戦っていいよとファイ達に言った時に同じ様な光景が広がっていたのを覚えている。

その時よりも過激に見えるのはファイ達が強くなったのか、それとも俺が捕まった事にキレてくれたのか。

後者だったらちょっと嬉しい。

「……発想ゲスイな」

「レンジ？　笑ってるけど、これどうすんの？」

「姉ちゃんは攻撃加えた？」

「まだよ。近づいてくれないんだもの」

「あー……じゃぁ、少し守って」

「りょーかい」

外側から見ていた訳ではないので確証はないのだが、俺を包み込んでいた水精霊は海底へと移動していた為、姉は攻撃を加える事が出来なかったのだろう。

まぁ、丁度良い。

俺が逃げたからか動きを活性化させた水精霊が、再び俺を捕まえようと幾つもの腕を伸ばし、攻撃を加えてくる。

幾ら繋精弓が【Black Haze特効】の武器であっても、倒すには多少の時間がかかるので、その隙を姉にカバーしてもらおう。

「ッし、そんなんで抜けるわけないじゃない！……で、レンジ後どのぐらい？　結構きつかったりするんだけど……」

「もう大丈夫。んじゃ……、【悲矢】・【讃矢】……鎮《しず》まれ。悪霊を祓《はら》いて彼の下へ還らん【慈愛の虚矢】」

「おぉ……？……え？　それだけ？……ってか、今レンジ詠唱したわよね？　初めて聞いたんだけど、そんな感じの」

「……咄嗟に思い浮かんだだけだから」

「へぇ～」

にやにや笑いながら、俺の次の行動を見守ろうとする姉を他所に、前の時よりも強い輝きを持った矢がゆっくりと進み、堕ちた水精霊へと沈んでいく。

全く次の動作に移らない俺を見て、姉は『何をやってるの？』といった風だったが……、

堕ちた上級水精霊を倒しました。

▼ドロップ▼

水精霊核×1

水精霊の羽衣×1

1000000G

レベルが上がりました。

職業レベルが上がりました。

「え！　レンジ、今のだけで倒せるの⁉　もっとこう……面倒くさいみたいな話を聞いてたんだけど⁉」

「俺の弓が『Black Haze』特効を持ってるから。多分それでだいぶ差があると思う」

「……それだけじゃないと思うんだけど」

姉の言葉を適当にはぐらかし、ドロップアイテムを確認する。

ドロップしたアイテムは水精霊核と水精霊の羽衣。

水精霊核に関しては土竜核と同様に【召喚】に使う事も出来れば他にも色々と用途……いや、繋精弓を強化出来るか後で試してみよう。

水精霊の羽衣に関しては……これどうするんだ？

見た目的に女性用な気もするし、使う機会はないだろう。

誰かにあげる、という気にもならないので一応姉がドロップしたか聞いてからギルドの倉庫に入れておこう。

「姉ちゃん、何がドロップした？」

「水精霊核の欠片が２個」

「だけ？」

「うん……レンジ何がドロップしたのよ」

「水精霊核」

「欠片じゃなくて？」

「うん」

「……」

無言で羨ましそうな目線を向けてくる姉から視線を逸らし、改めてストレージ内にあるアイテムを眺める。

装備アイテムがドロップしたのは……やはり捕まったりしたからなのだろうか？

「で、レンジ」

「ん？」

「これで目標の半分は達成したわけだけど」

「うん」

「この島、そんな大きくないわよね？　災獣どうする？」

「……大蛇？」

「そうなるわよね……」

灯台に絡まるように存在した蛇の見た目をした災獣。

その周囲にもしっかりと眷属らしき姿が見えたので……古代湖にいるレッサーザラタンの上位版に2人で挑む様な物である。

レッサーザラタンであれば俺が初手で全力を放つ事で大体倒す事が出来るのだが……ん？

「姉ちゃん」

「どうしたの？」

「灯台って破壊しても良いと思う？」

「……良い、んじゃない？」

一瞬言葉に詰まった姉だったが、すぐに良いという判断をした。

俺自身も、破壊する事に対する感情は無いので大蛇にダメージを与える為に破壊したとしても罪悪感などを抱く事はない。

「じゃあ破壊する」

「それで倒せる？」

「無理だとは思うけど……レッサーザラタン程度のＨＰだったら吹き飛ばせる威力を放つ予定だから、眷属も全部倒す予定だしだいぶ有利にはなると思う」

「んー……じゃ、それで行くわよ」

「了解」

島の小ささ故に、島内部から災獣を見つけ出す事に見切りをつけた姉と俺は、この島に来た時に見た灯台に絡みついている大蛇を倒す事にした。

海を探せば災獣は出てくるのだろうが……地形的に不利すぎるので姉も俺も元から視野から除外している。

水精霊に関しては想定外だったが……。

「あ……ファイ達、ありがとね」

VS災獣

「……？――レンジ、行くわよ」

「うん。あ、待って1分間準備時間が欲しい」

「りょ」

「【チャージ】」

先ほどの様な海からの敵を警戒する為に、灯台から500mギリギリの所まで近づき、【チャージ】を発動する。

ここからでも見える大蛇の茶色い巨体に岩場という地形は、大蛇が土属性だと推測を立てさせてくれるが、下手に決めつける訳にもいかないので、参考にするといった程度にしかならない。

だが、俺の知る限り【侵食】された領域は災獣の世界とはいえ、自由自在に世界を作り替えたり出来るという訳では無いので、この岩場がずっと続く空間が大蛇にとっての最適な空間なのだろう。

下手に策が張り巡らされているよりも、こういったシンプルな物の方が厄介なのは間違いない。

「レンジは動けないし……領域にちょっかいを出す訳にも行かないわよね」

見えない壁があるかのように災獣の領域の外側を移動し、何かあるわけでも無いのに探そうとする姉。

今は災獣の背後にいるので流石に気づかれていないと思うが領域に入った瞬間に気づかれ、此方へと襲い掛かってくる可能性があるのが恐ろしい。

「よし、準備できた」

「お、出来た？　じゃあ行くけど……　〝守衛領域〟は発動して良い？」

「んー……」

「よく考えたらレンジに死なれたら困るわけだから、良いでしょ？」

「まぁ、いっか」

「【守衛領域】——ッ!?　あ、やば……」

「え？」

【守衛領域】、と声をあげてスキルを発動したと共に、顔色を変えた姉に思わず顔を顰める。

姉の雰囲気からして割とやばそうなので大蛇の方を見てみれば……確実に、目が合った。

「……姉ちゃん？　何やったの」

「えっと……災獣？　と領域の占有権を取り合って取っちゃった感じ……」

「……まぁ、予測は出来てた事だよね」

「まあそうなんだけど……思ったより奪い取った感が凄かった」

「……」

俺が【領域射撃】を放った時に姉から奪い取った様な感覚が全く無かったのは……味方だったからだろうか？

「ねぇレンジ」

「ん？」

「眷属だけ来てる気がするの、気のせい？」

「うわ……最悪。姉ちゃん、俺スキル使えないから出来る限りでは援護するけど……ん？　あ、いや【領域射撃】」

「ちょっ、なんでレンジも領域奪い取ってんの⁉」

「いや、【チャージ】の効果被らないスキルがこれだけだったから……」

姉が災獣の領域を奪い取った事で、眷属が攻めに来たのだが……一方的に殴られる訳にもいかないので、姉と共に災獣の方へと走りながら【領域射撃】を放った。

姉が言う程奪い取った様な感覚はないが……これはどちらかと言うと領域を切り裂いているイメージが強い。

矢が射出される空間の歪みの部分に関しては奪い取った様な感じではあるが、それ以外は災獣の領域を切り裂き、押し進んでいる感じ――。

「レンジ⁉　なんか、大蛇動き出したけど⁉」

「ラッキー」

「どこが⁉」

「え、だって眷属と纏めて攻撃が出来るから……【サウザンドアロー】【インパクト】【ブラスト】！！！」

限界まで魔力が込められた2000本の矢が宙を舞い、大蛇の巨体とその周囲にいた眷属たちに降りかかる。

「っげ【ショートワープ】」

「……まあまあ削れたかな？【ショートワープ】」

が、全く致命傷には至らなかったようで、全身傷だらけになりはしたもののそのまま突っ込んできたので、姉と同じ方向へ【ショートワープ】を使って回避した。

「……レンジ」

「はい」

「あれ、全然倒れそうな気配ないんだけど、大丈夫？」

「……結構ダメージ与えた筈なんだけど。もう2、3発放ったら倒せるか？」

「楽しそうね……」

「まぁそりゃ……うん」

全力攻撃の威力の強さはレッサーザラタンと戦った時に自覚しているが、それをもってしても倒せない災獣にはやはり驚きを隠せなかった。

それと同時に『何発で倒れるんだろうか……？』という探求心の様な物も湧いてきているのだが、如何せんMPが全く足りない。

今更ながらにMP回復薬を飲んだのだが、先ほどのと同じ威力を放つにはあと3回MP回復薬を飲む必要があり……クールタイムを考えると10分程度の時間が必要になる。

「姉ちゃん、あの大蛇の攻撃受け止められる？」

「……無理。流石にあの巨体じゃ引き殺されるわよ」

「んー……じゃあ、遠距離攻撃だったら受け止められるって事？」

「それぐらいなら行けると思うけど……どうしたのよレンジ」

「ＭＰ回復させてもう一発放とうと思っ――」

【騎士王の誓い】【ハイプロテクト】【ファランクス】【タフネス】【ヘビーウェイト】」

「【シールドバッシュ】!!!!」

「――っえ!?」

唐突に現れ、一瞬で消えていった気配……と、横に吹っ飛んだ姉。

大蛇の顔を見ながら話をしていた為油断していたのだが、どうやら尻尾による攻撃が姉と俺の下に加えられ、姉が守ってくれた様だった。

「えっと……姉ちゃん？」

「――痛いのよ!!　てか、確かに【ヘビーウェイト】は使ったけど地面抉《えぐ》れるってどんだけよ!!」

「……それを受け止めて普通にピンピンしてる事の方がどんだけって感じなんだけど」

「私はいいのよ私は！　防御特化だしスキルで強化した上に【守衛領域】で守ってんだから」

「そ、そう？」

「あ、そんな事よりレンジ。多分領域って体に近くなればなる程強くなるわよ。今の一瞬で私の領域だいぶ変化あったもの」

「へぇ？」

それならば一番最初に姉があっさりと災獣の領域を奪えてしまった事も納得だ。

ただ、姉の雰囲気を見るに、相当量の自領域が一瞬で持っていかれたようだから……流石に同距離だと姉よりは災獣の方が強いのだろう。

「で、レンジ」

「なに？」

「レンジのスキルって領域を切り裂くイメージなのよね？」

「うん」

「だったら私とか災獣みたいに、面に作り出された領域に凄い強いんじゃないの？」

「ん……どうなんだろ？」

今残っているＭＰでも、すぐに【領域射撃】を放とうと思えば放てるのだが、もう一度全力攻撃を加えたい事もあり、今はやる気にはならない。

そもそも転移などをされなければ必中である【領域射撃：攻殺陣】は大蛇が大きすぎる為発動できないし、今の尻尾の動きを考えれば【領域射撃】もあっさりと躱されかねない。

どうせやるならばもう少し手傷を負わせた後――もう数度は全力攻撃を放った後で良いだろう。

「んにしても、尻尾攻撃は単発なのね」

「……？　あー、確かに」

大蛇の背後を、未だにうねるように動き続けている１つの縮れた尻尾。

姉と俺に狙いを定めているようには見えるが、それでもゆらゆらと揺れ続けて回復し、少しずつ太くなっていくだけ。

姉に攻撃を防がれた事で尻尾の破壊力を増す為に太くしているようにも思えるが……傷だらけになっていた事を考えると、あの状態が正常な太さなのだろう。

「……太いな。え、姉ちゃんさっきあれを受け止めたの？」

「ん？　そうよ？　【守衛領域】のおかげで、しかも攻撃が打撃系だったから大蛇の尻尾はやばい事になってると思うわよ」

「……？」

思わず、あれを人間が止められるものなのか疑わしく思い姉を見つめてしまった。

姉は得意げに説明を始めたので俺の視線の意味には気づいていないだろうが……あの太さの尻尾を真正面から受け止めたら、俺だったら消し飛ぶ自信がある。

姉の防御力の高さはどうなっているのだろうか。

「えっと……良い例えが思いつかないわね。まぁなんていうか、私のスキルって何処に撥ね返すかはランダムなのよ。だから斬撃系の攻撃だったら相手にとっては良く分からない所を斬り返されるだけで済むんだけど……」

「打撃系だと攻撃と反射がぶつかる？」

「そ。で、同じ攻撃だから打ち消し――なんて簡単な話にはなる訳ないじゃない？」

「うん」

そりゃそうだ。交通事故などを考えると凄い分かりやすくなるだろうが、そこにかかる力はとても大きくなるだろう。

それは姉にも同様に言える事なのだが。

「だから、私にとってはスキルの影響で後ろに吹き飛ばされただけなんだけど、あの大蛇にとっては自分の全力攻撃に自分の全力攻撃をぶつけられた様な感覚になると思うのよね」

「へー……無敵？」

「全然そんな事ないわよ？　私の防御力が高すぎるだけな筈だから」

「ステ振りどうなってんの？」

「一応VITとINT特化よ」

「あぁ……確か、獣化だっけ？」

「そ」

俺は持っていないし、使う機会もないと思うが獣の加護を得る際に獲得するスキルである【獣化】は、自身のINT値を減らす代わりに、その半分の値分HP、STR、VIT、AGIを伸ばす事が出来る。

魔法がてんでダメになるというデメリットはあれど、相当強いのは間違いないだろう。

「けど、それだけであの攻撃を耐えれる気がしないんだけど……」

「ま、そこら辺は秘密よ。レンジも何個か秘密にしてる事だってあるでしょ？」

「……はぁ、さっさと災獣倒すよ」

「……お？　やっぱあるんだ」

「そりゃね」

姉が隠している事があったのは正直意外だが、俺だって隠している事はいくらでもある。

それこそ、姉が何個あろうとも姉の倍は確実にあると言い切れる程に。

と、大蛇が攻めてこない事を良い事に、和やかに会話をしていたのだが……唐突に雰囲気が変わった。

「……くるわね」

「うん」

「ジャァァァァァアアア！！！」

大蛇の雄叫びと共に現れた、100に届きそうな程の眷属の数々。

基本的には爬虫類《はちゅうるい》のようだが、所々飛んでいる魔物もおり……まあ、申し訳ないが先ほどまでいた魔物と差がないので然程苦労する事はないだろう。

「姉ちゃん、眷属は俺が倒すから。姉ちゃんは災獣からの直接攻撃を警戒して！」

「りょ」

「【ハンドレッズアロー】【インパクト】【ブラスト】」

あまりMPは消費したくなかったのだが、100体近くいるのは流石に多すぎるので、初手で1000程MPを消費して敵の半数程を一掃する。

「【テンスアロー】【エンチャント】『風』」

「ぅぐ――――」

「姉ちゃん⁉」

「あ、いや。また尻尾で攻撃されただけだから気にしないで」

「……分かった」

先ほどとは違い、部分的に怪我を負った様子の姉を見るに、前回のでダメージを蓄積してしまったか、今回の尻尾での攻撃が強化されたかのどちらかだろう。

姉の後ろから眷属達に攻撃を放ち、尻尾による攻撃が来た時も多少は迎撃をしようとしたのだが……全く役に立っていない。

「姉ちゃん、いける？」

「あー、うっし。問題ないわよ」

「じゃあさ、次の時に姉ちゃんの前に〝領域射撃〟を発動したいんだけど大丈夫？」

「分かった。……けど、ＭＰは溜めなくて良いの？」

「……取り敢えずこれをやってから考える。姉ちゃんが死んだら勝ち目がないから」

「……。まあ良いわ。取り敢えず、レンジより先に死ぬ事はないから安心しなさい」

「へい」

ＨＰ回復薬を飲んでいる姉に話しかけ、【領域射撃】を大蛇の尻尾目掛けて放つ事を提案する。

姉が死んでしまえば大蛇を相手に俺が生き残る術がなくなるので、姉の負担軽減は死活問題なのだ。

だから……少し後ろ髪を引かれるが、ＭＰ回復よりも実験的に大蛇の尻尾と【領域射撃】をかち合わせる事を優先させる。

【領域射撃】はクールタイムが1分以上あるので根本的な解決にはならないだろうが、少しでも現状の打破が必要なのだ。

「来るタイミングに声を上げるから、それまではレンジは普通に眷属を狩ってて良いわよ」

「分かった。……ファイ達は矢の強化、よろしくね」

未だに尻尾以外を動かさない大蛇にちょっとした不気味さを感じつつも、それ以外に出来る事がないのでファイ達に協力を頼んでからなるべくスキルを使う事なく眷属を倒し続け、姉の合図を待つ。

「来たっ――」

「【領域射撃】」

ファイ達に事前に頼んでおいた事で強化された矢が尻尾へとぶつかっていく。

勿論全てが刺さるわけではなく、時々完全に弾かれてしまっている物もあるが……大体の矢が大蛇の尻尾に刺さり、貫いていく。

「ジャァァァアア!!」

「軽い――のよっ!!」

痛みからか大蛇が雄叫びをあげ、身をよじらせた事で尻尾が加速して姉と俺の下へと降りかかるが、姉がそれを真っ向から弾き飛ばした。

「あれね、思ったより楽になったのと……多分大蛇の領域が弱まった？」

「ほんと？」

「うん。今までで一番〝守衛領域〟が上手く決まった気がする。……まぁ、大蛇の攻撃が弱かったせいでそんなにダメージを与えられた訳ではないんだけど」

「大蛇、まだのたうち回ってるけど……？」

「それは私じゃなくてレンジでしょ」

「……」

想像以上に突き刺さった矢の数々が大蛇の尻尾の先の部分を削ぎ落とした事を考えれば、確かにのたうち回っているのは俺の攻撃によるものかもしれないが、それでも今までに姉が与えてきたダメージには到底及ばない。

「で、どうすんの？　レンジ」

「んー……〝領域射撃〟が大ダメージを与えられるのは分かったけど、使い所が……」

【領域射撃】がクールタイム中の今、【領域射撃：攻殺陣】はそもそも発動できないし、【領域射撃：防殺陣】は攻撃向きのスキルではない為活用しづらい。

俺を丸のみにしようとする、などの行動を取ってくれれば【領域射撃：防殺陣】もこれ以上ない程に活躍するのだが、俺を警戒してか凝視してくる大蛇を見る限り、そんな機会は訪れないだろう。

「ってかレンジ、今思ったんだけど。もしかしてレンジ恐れられてるんじゃないの？」

「なんで？」

「自分の領域とかを切り裂いてくる相手がいたら恐れると思うんだけど……？　それに、私は眷属だけで対処しようとしたのにレンジは大蛇自ら動いたから扱いが違うし」

「……」

「ま、そんな事は置いといて……大蛇、回復力凄いわね」

「うん……倒せる気がしないいんだけど」

のたうち回るのを止め、俺の方を見始めた大蛇を見るに、もう既に回復はしきっているのだろう。

想像以上に回復するのが速すぎる。

尻尾は何を思ってか隠されてしまっているので完全に回復したのかは確認できないが……、大蛇がのたうち回らないという事は治っている筈だ。

「レンジ、こっちから出る？」

「いや、時間を貰えるなら〝領域射撃〟のクールタイムが終わるまで待った方が勝てるようになると思う」

「りょーかい。んじゃ、睨めっこでもして牽制してなさい。私は私で〝領域〟のコントロールに集中するから」

「……コントロール？」

「そ、大蛇と場所を取り合ってるから、集中しないと取られちゃうのよね」

「へぇ……」

大蛇までの距離は相当離れている筈だが……それだけ災獣の力が強いのだろう。

人工守護神獣である〝朱雀〟がくれたのだから、俺の【領域射撃】と同様に災獣に対して大きな力を発揮するのだろうが……未だ姉の【守衛領域】に、災獣への特効らしい能力は感じられていないので突破口にはなる筈――。

「いや……〝あって〟これなのか……？」

「……ん？」

尻尾による攻撃が加えられたとき、姉が軽く弾き飛ばされただけなのに対して、災獣の尻尾は縮れるレベルまでダメージを受けていた。

よく考えれば異常な事だし、これが災獣への特効効果だと言われればすぐにでも納得する。

「うわぁ……」

「レンジ？」

「いや、なんでもない。で、そろそろクールタイム終わるんだけど」

「災獣動かないわね。どうする？」

「こっちから攻める。ただ、俺は攻撃されたらすぐにでも死にかねないから姉ちゃんの後ろに隠れながらになるけど」

「りょ。じゃあ移動を開始するわよ」

「うん」

災獣に向かって、姉の後ろを歩きながら近づいていく。

出来るのであればもう一度【チャージ】などを使いたかったのだが、動き始めた姉と俺から片時たりとも視線を外さない大蛇を見ると、やはりそんな隙はなかったのだろうと思わされる。

「ねぇ……？」

「ん？」

ふと、足を止めて動きを止めた姉が此方へと振り返り、疑問の声を漏らす。

「大蛇の尻尾、治ってなくない？」

「え」

「今一瞬しか見えなかったけど、多分あれ、治ってないから隠してるだけよ」

「……まじ？」

「まじ」

それが本当だとすれば、【領域射撃】はこれ以上ない程に突破口になり得る。

何故【領域射撃】で受けた傷が治らないのかは……まぁ人工守護神獣である〝朱雀〟に貰ったからなのだろうから置いておくとして。

「何発ぐらいで倒せそう？」

「……10発？」

「……結構時間かかるわね」

「眷属の復活に使わなきゃいけないMPとか、MP回復薬のクールタイムを考えると4、50分はかかるかも……」

「ま、そんぐらいなら問題ないわよ。夕ご飯までに倒せれば」

「うん」

イベントの開始が現実時間で言う午後の4時だったが、討伐戦が想像以上に早く終わった事もあり夕飯の時間まではまだまだある。

1時間程度で倒せるのであれば全く問題にならないだろう。

「……で、レンジ」

「うん」

「ダッシュで近づいて攻撃したら〝ショートワープ〟で回避。で良い？」

「良いんじゃない？　ダッシュで近づく時が一番気を付けなきゃいけないけど……まぁ、いけるでしょ」

「じゃ――ゴーッ!!」

姉の掛け声と共に、50m程前方にいる大蛇の下へと駆け出し、尻尾による迎撃が行われない事でまだ治っていない事を察しつつ――、

「【領域射撃】!!　【ショートワープ】」

「【ショートワープ】」

顔面へ向けて攻撃を放つ。

勿論道中で迎撃の様な事は魔法を使ってされていたが、石礫や石槍などの攻撃は姉が全て防いでくれたし、壁を作られようとも難なく乗り越えた。

因みにだが、壁を作られた2回の内1回目は姉が強引に殴り飛ばして穴を空けた為、二度目――大蛇目前の所で作られた分厚い壁はジャンプして躱す必要があり……それ故に顔前から、撃ち下ろすように【領域射撃】を放っている。

「ジャァァアアア！！！」

顔面に矢の群れを受け、すぐに回避行動を取った大蛇が暴れ、姉と俺が回避した方向へと特攻を仕掛けてくる……が、

「舐めんじゃないわよ、【シールドバッシュ】！」

勢いもなく、攻撃を放とうとした意思も感じられない攻撃は、難なく姉の手によって弾かれた。

「……なんか、拍子抜けね」

「流石にこんな弱い事はない筈だから……警戒した方が良い気がする」

数十分前に姉に説明した通り、災獣には5つのスキルがあり……現状大蛇が使った数は恐らく2つか3つ。多くても4つだろう。

間違いなく1つは使われていない為、それが何か分からない現状、油断する訳にもいかない。

「……レンジ、あの顔の傷、思ったより深いわね」

「〝領域射撃〟だからじゃないの？」

「かもしれないけど……まぁ良いわ。またクールタイムが終わったら同じ事をするわよ」

「了解」

なるべく大蛇からの攻撃を食らわない為に大蛇から離れつつ、姉と会話を続ける。

姉には想像以上に攻撃が深く決まったように見えたらしいが……俺には差がそこまで感じられなかった。

何なら、大蛇は顔面に食らった筈だというのに踠《もが》く時間がそこまで多くなかったので、効いてい

なかったのでは……などとまで思ってしまう。

——と、思案しながら大蛇から距離を取っていく内に、大蛇の周囲に異変が起こり始める。

「……ねぇレンジ？」

「うん、わかってる」

顔面に攻撃を食らった事で傷が出来た大蛇だったが、その傷から染み出した液が地面に落ち、煙を立てる。

それと同時に大蛇の体が少しずつ変色していき……最初は茶色一色に近かった体に、紫色のまだら模様が浮かび上がり始めた。

「あれ、毒？　酸？」

「色的に毒じゃない……？」

「でも、毒じゃ地面にぶつかっても煙をあげないでしょ……」

「そうかもしれないけど……とにかく、戦い方見直さないと」

「そうね……で、どうする？」

体を変色させて、姉と俺を中心に円を描くように動き始めた大蛇に視線を寄せながら、考える。

下手に近づけばあの毒か酸による攻撃を受けて死にかねないので、今取った単純な戦法は使えない。

かといって、超遠距離から攻撃をするのは【領域射撃】の射程的に厳しい物がある。

遠くから一方的に大蛇を狙い続けるのは無理なのだ。

って。

「姉ちゃん、あの大蛇あんな体長かったっけ？」

「……そんな長くなかった筈だけど……このままだと周囲を囲われるわね。移動するわよ」

「うん」

「って、動き速めた!!　レンジ、急ぐわよ!!」

「少しでも止まってくれれば良いんだけど……【サウザンドアロー】!!」

姉と俺を包囲するように動く速度を速めた大蛇に、足留めとばかりに【サウザンドアロー】を放ったのだが、そんな物は歯牙にもかけないといった様子の大蛇は速度を衰えさせる事もなく、体表で矢を溶かしてそのまま包囲を続ける。

「って、あの体表やばくない!?」

「ッ――!!」

「え」

既にダメージを与え、使い物にならなくなった筈の尻尾が姉へと攻撃を加え、大蛇の円の内側へと弾き飛ばされる。

今ので姉は当然の事、足を止めてしまった俺も大蛇の囲いの外側へと抜けるのは……無理になってしまっただろう。

まぁ、今はそんな事も言ってられない。

大蛇の体表は矢を一瞬で溶かしていたのだ。

尻尾で直接吹き飛ばされた姉にその効果が発動されていないとも限らない。

「姉ちゃん、大丈夫!?」

「っう……大丈夫よ。盾は……まあダメになってるわね。まあ盾だけで済んだなら全く問題ないわ。予備も10個ぐらいはあるのだし」

「……多いな」

ＨＰ回復薬を飲みながら気軽に話した姉に、つい突っ込みを入れる。

現状、今俺が使っている繋精弓は唯一品だし、予備用の弓も繋精弓を使う前に使っていた物しか残っていない。

「盾なんて良く壊れるから沢山持ってるのよ。迷宮の最深部に挑んだり鍛冶師に専属で作ってもらったりすれば良いのかもしれないけど……ほら、楓って裁縫師じゃない？　盾って一般物しか使った事ないのよね」

「……このクエスト終わったら迷宮行こっか」

「んー……遺物が期待外れだったらそうするわ」

「期待外れだったら困るんだけど……」

既に周囲を囲い終わり、此方を見据える大蛇から少し目を逸らしながら、姉と軽口を交わしあう。

大蛇の周囲が岩場で、草木が一本もなかったのは大蛇が土属性だったからだと思っていたのだが、あの様子だとそもそも草木が存在できなかったから、なのだろう。

眷属も同じ様な属性にはなっていた筈なのだが、毎回即行で倒してしまっていたので確認する時間もなかった。

次があるかは分からないが……、もし再び災獣と戦う機会があったらまずは眷属の属性から調べる事にしよう。

「……姉ちゃん、どうする？」

「どうするも何も……この、徐々に囲いが狭まってる感に戦慄《わなな》くので手一杯なんだけど」

「いや、行動しようよ……取り敢えず、打開策ってやっぱり領域に携わる事の筈だからさ……」

「ええ」

「囲い、狭まるまで少し休憩しよっか」

「えぇ？」

どうせなら【領域射撃】のクールタイムの長さを考えると【領域射撃：防殺陣】も活用したい。周囲を囲ってくれており、且つ距離を詰めてきてくれているならば、これ以上ないほどに絶好の機会にはなっている筈だ。

【領域射撃：防殺陣】の周囲1m程は無敵ゾーンの様な、歪みの内側となるので、姉へとダメージを与える事にもならない。

それでダメージを与えられなければ詰みではあるが、どちらにしろ【領域射撃】でダメージを与えられないのであれば倒せないので仕方がないのだ。

「レンジ？　大蛇、あれ私達の事を丸のみにしようとしてる気がするんだけど……」

「確かにそうだけど、そっちの方が嬉しい」

「えぇ……まぁ良いわ。どちらにしろ私はレンジを守る事ぐらいしか出来ないから、攻撃タイミングは任せるわ」

「了解。あ、でも――」

「でも？」

「攻撃放った後に大蛇がどんな行動取るか分からないから本当に気を付けて」

「分かったわ」

【領域射撃：防殺陣】を避けようとするのか、それとも諸に食らってのたうち回るのか、ダメージすら受けないのか。

理想は【領域射撃：防殺陣】を受ける事で大蛇が大ダメージを受け、姉と俺が囲いの外に出れる様な隙が生まれる事だが……暴れられる可能性の方が高い。

大蛇に暴れられた時には姉を頼らせてもらう予定だが、【ショートワープ】で逃げ切れないかは常に探っておくべきだろう。

「……レンジ？　そろそろ良いんじゃない!?」

「出来る限り……それこそ飲み込まれる瞬間まで耐えて」

「……りょ」

大蛇が距離を詰め、溶けた大地が足元まで侵食してくる。

流石に、姉と俺の装備などは傷つけられてはいないが、大蛇との距離も10数メートルと、傷つけられるのも時間次第だろう。

大蛇の頭によって空の大半が覆われ始めたのだから、姉が焦るのも分かる。

「……よし。姉ちゃんもっと俺に近づいて!!」

「えっ？　あ、分かった」

「【領域射撃：防殺陣】」

姉が焦りを覚え、本当に大丈夫なのか俺の方を何度も見返したりしていた頃にようやく、大蛇が口を開いて頭を近づけてきたので――発動する。

「ッ姉ちゃん!!」

「分かってる!!」

「【騎士王の誓い】【ハイプロテクト】【ファランクス】【タフネス】【ヘビーウェイト】」

「【シールドディフェンス】――!!!」

口の中、そして姉と俺を覆っていた体全てへと、矢が突き刺さっていく。

普通に射た矢と違って、大蛇の体へと刺さった事に安堵感の様な物を覚えるのも束の間、想像通りに大蛇が暴れだし、その巨体がのたうち回ったので姉に防いでもらった。

「――グッ……」

「姉ちゃん、大丈夫？」

「……問題ないわ。大蛇もただ暴れてるだけだから、いなす事ぐらいなら何とかなる……けど、出来たら逃げたいわね」

「了解――お、【領域射撃：攻殺陣】」

少し形が歪になり、大蛇の頭をすっぽりと覆うように発動された【領域射撃：攻殺陣】が大蛇へとさらなる追撃を与え、大蛇の動きを激しくさせる。

その際に大蛇の体の隙間から囲いの外側が見えた事で——、

「姉ちゃん!!」

「分かってる！」

「「【ショートワープ】!!」」

大蛇の囲いの外側へと、【ショートワープ】を使って逃げ切る事が出来た。

大蛇が大暴れした事で半壊状態となった【領域射撃：防殺陣】とは違い、未だに正常に作動している【領域射撃：攻殺陣】が大蛇へとダメージを与え続け、大蛇の暴れを助長する原因となる。

それにしても……。

「姉ちゃん、やっぱ合ってるわ」

「何が？」

「朱雀に貰ったスキルが領域にかかわるって奴」

「え、ほんと？」

「うん」

零夜のもう一つのブラッドスキル——朱雀に与えられたスキルの名前がなんなのかは知らないが、零夜はあっさりと【領域射撃：攻殺陣】をたたき割っていた。

それが今の災獣の行動と同じく、領域のぶつかり合いの様な事によって壊されたのだとしたら……まあ納得できるのだ。

逆にそうでもないと零夜が【領域射撃：攻殺陣】を破壊できた理由が説明できないのだが。

「まぁ、まだ確証があるって訳じゃないけどね」

「へー」

それにしても、最初は発動するには大蛇の大きさがでかすぎる、というのを感覚的に感じ取って発動できなかった【領域射撃：攻殺陣】を、形を多少変更する事で発動する事が出来るようになったのは……領域が何なのか、感覚的に理解したからだろうか？

MP回復薬を飲み、現状残っているMPを確認する為にステータスを開いてみれば、【領域感知Lv．0】【領域操作Lv．0】という2つのスキルがいつの間にか習得されていた。

どちらもスキルレベルを1にするだけでSKPを100も取られるので上げる事は出来ないのだが……【領域射撃：攻殺陣】が多少変形したのは、これが原因なのだろう。

「レンジ、これ、結構早く倒せるんじゃない？」

「かも」

俺の矢が被弾した部分だけではあるが、大きな傷がつき、治る気配もなく未だに悶えている大蛇を見るに、あと3、4回程度当てれば倒せるだろう。

何なら【領域射撃：攻殺陣】をもう一度放てば、頭部が殆ど使い物にならなくなるので……倒したと言っても良くなる様な気もする。

「ジャ――――――！！！」

喉が潰れたからか、声にならない雄叫びをあげ、周囲に毒々しい槍を出現させながら見境なしに周囲へと当たり散らし――姉と俺へと突っ込んできた大蛇。

「っ!?　姉ちゃん！」

「逃げるわよ！　流石に受けれる気がしないわ！」

「分かってる！【領域射撃】!!」

その顔面へと【領域射撃】を放ち、逃げる時間稼ぎとなる事を願ったのだが、怒りに我を忘れているのか、大蛇は自身の身に矢が刺さり続けるのも構わず、【領域射撃】によって生まれた空間の歪みを消し飛ばし、姉と俺の下へと近づいてくる。

「ッ、レンジ！」

「分かった」

「「【ショートワープ】」」

咄嗟に発動した【ショートワープ】で向かった先は……姉の真逆。

大蛇に追われて焦っていたとはいえ、姉と避ける方向を示し合わせなかったのはまずかったのだろう。

当たり前のように此方へと向かってくる大蛇に、姉の『私から離れ過ぎるな』という言葉を思い出しながらどうするべきか思案する。

姉の発言の意味は、姉の近くであれば【守衛領域】の力で俺への被弾を肩代わり出来るから、という物なのだが……今は姉の【守衛領域】の範囲内に入れているのか、本当に怪しい所だろう。

先ほど気づいたら入手していた【領域感知】というスキルも、自分の領域すらも全然分からないのだから全く役に立たない。

大蛇と姉と俺で三角形を描く様な立ち位置にいる以上、なるべく大蛇と距離を取るように姉と合流するべきなのだろうが……それでは【ショートワープ】を発動する前に戻るだけで意味が無いのだ。

「ちっ、【ハンドレッズアロー】【インパクト】【ブラスト】」

そんなこんなをしている内に10分が経過していたのか、大蛇の周囲に眷属が現れだしたので、纏めて一掃する。

MP回復薬の使用回数を考えれば確かにこのタイミングで眷属が復活するのは事前にわかっていた事ではあるのだが、残MPが不味い。

【領域射撃】1発を放つMPすら残っていないのは本当に不味いだろう。

「……どうするかな」

大蛇に放置されている姉の方をサッと見た所、姉は姉で大蛇の巨体へと攻撃を仕掛ける事で気を引こうとはしていたのだが、大したダメージにもなっていないようで、碌に反応すら示してもらえていなかった。

現状、【領域射撃：攻殺陣】のクールタイムが切れ、MPを回復させるまで1人で逃げ回るのが最善手だと思ってしまった以上——此方を見て何か叫んでいる様子の姉は一時放置するしかない。

「っお【スカイジャンプ】」

大蛇が今の姿になる前に使っていた様な、大地を使った壁を作られかけたのでそれを【スカイジャンプ】で躱し、距離を取る。

大蛇はその壁を当たり前のように体当たりで崩して俺へと進んできていたが……体当たりをした際に多少距離を空ける事が出来たので、正直助かった。

今後も定期的に、【スカイジャンプ】のクールタイムが切れる度に壁を作ってくれると助かるのだが……まぁ、そう簡単にはいかないだろう。

「【テンスアロー】【アンチマジック】」

壁を使って俺を足留めするのではなく、俺を殺す事に路線を変更したのか、大蛇が躱しようのない程の数の石槍、毒々しい矢などを放ってきたので、迎え撃つ事で被弾を防ぐ。

「……チッ、離れすぎたな」

いつの間にか遠くに見える姉は……此方へと移動をしてきてはいたが、AGI値には差があるのでこのまま俺が大蛇から逃げ続けたら追いつく事は出来ない。

……が、ここが小さな島なので端へと追いやられない為に円を描くように走っているのだが大蛇の体が大きすぎて、確実に端の方へと追いやられていた。

このまま行くと姉に追いついてもらえる……よりも前に俺が大蛇に追いつかれて殺されてしまうだろう。

「【ショートワープ】」

なるべく端に追いやられない様な方向へと【ショートワープ】を発動し、クールタイムの切れたMP回復薬を飲んで再び――、

「【領域射撃：攻殺陣】」

射る。

「ジャァアアア！！！」

流石に二度目ともなれば大蛇も学習した様で、自身の周囲に出来た空間の歪み——俺が乗っ取った領域にいち早く気づくと、体当たりをして破壊しようとしたり、ブレスを放つ事で消し飛ばそうともしたが……消える事はない。

「……ブレス放てたんだ」

大蛇の頭を起点として発動している【領域射撃：攻殺陣】は、大蛇の頭の動きに連動して動くので、どうやっても体当たりを食らわせる事は出来ない。

尻尾を使えば叩き割る事は出来るだろうが、大ダメージを食らい傷だらけになっている大蛇にそんな事を考える余裕はないだろう。

ブレスも同様に、多少は空間の歪みを壊す事が出来たかもしれないが、それだけだった。

「思ったよりいける……か？」

流石にもう一度周囲を覆ってくれる様な事はないと思うので【領域射撃：防殺陣】の使い所はもうないだろうが、後2回程度の【領域射撃：攻殺陣】となるべくすぐに壊されないように発動した【領域射撃】があれば倒す事は出来そうだ。

のたうち回っている大蛇へと、破壊されなそうな位置から【領域射撃】の追撃を放ち、近づいてきていた姉の下へと移動する。

「レンジ、大丈夫!?」

「全然問題ないけど、姉ちゃんは？」

「私は問題ないわよ。見向きすらもされなかったし」

「……」

【領域射撃】を放った事で残MPが数百しか残っていない事は問題だが、逆に言ってしまえばそのぐらいなので、姉には全く問題ないと言ってから大蛇の方へと視線を移す。

俺に釣られるように姉も大蛇へと視線を向けた事でようやく、会話を始めた。

「レンジ、大蛇から距離取らない？」

「そだね。いつ暴れだすかも分からないし……」

「――にしても、ぼろぼろね……」

腹部には【領域射撃】、頭部には【領域射撃：攻殺陣】を諸に受けている大蛇を見て、姉が思わずと言った風に声を漏らす。

確かに、当初とは似ても似つかぬ見た目をした大蛇は、相当量のダメージを与えられた事を容易に想像させてくれていた。

一番最初に放った【サウザンドアロー】によって負った傷はすぐに治ったのに対して、今回の場合は治る気配もないし……あとは時間の問題だろう。

「あとは……逃げながら戦うから。姉ちゃんは追いつかれそうになったら防御よろしく」

「りょ」

対零夜に向けて

「――はぁ……凄い疲れたんだけど」

「おつかれ」

姉と共に大蛇の見た目をした災獣を倒した後、『銃器訓練所』へと戻る最中に、俺も疑問に思っていた事を姉が喋りだす。

「これ、クエストクリアしてるわよね？」

「うん」

「なんでクリア通知出ないの？」

「……分かんない」

姉が話しているクエストとは、姉と俺が遺物と契約をした時に発生したクエストの事なのだが……、災獣、『Black Haze』の討伐。魔大陸の長期滞在、魔物の討伐をすべて達成している筈なのにクリア通知が出されていなかった。

「因みに姉ちゃん、魔物１００体討伐扱いになってるの？」

「あー……なってるわよ。多分眷属？　って災獣の一部みたいな物で、眷属に直接攻撃をしてなくても災獣に攻撃してたから問題なかったんじゃない？」

「へー」

たとえ同じパーティにいても、何か補助行動を行っていないと戦闘への参加判定はなされない為、生まれた疑問はあっさりと姉が答えてみせる。

眷属の討伐を姉に補助してもらった記憶はないので、姉の言っている事が正しいのだろう。

「にしても……やっぱレンジは対群に特化してるわよね……。正直言って遺物を獲得しても対群能力が強化されるとしか思えないんだけど」

「そんな事ない……と思う？」

「やっぱ自分でも確証は無い訳でしょ？」

「まぁ」

遺物と契約をする時も、戦っている時も、どちらにせよ姉との連携、零夜を倒す事を意識していたのでそれに伴った遺物を得られるとは思いたいが……確かに、災獣との戦闘は連携などを碌に出来ていなかった。

「ま、結局はこのクエストのクリア通知が出てくるまで何も言えないんだけど。さ、戻るわよ」

「うん」

姉に促され、この島に来た時に使った魔法陣を使用して、元居た『銃器訓練所』へと戻っていく。

遺物クエストが達成されました。

『虚ノ累環』が解放されました。

【遺物隠匿《いんとく》】を獲得しました。

【遺物操作】を獲得しました。


「……？　あれ、解放された？」

ふと姉の方を見てみても、周囲に８つもの十字架が浮かび上がっていた。

俺の周囲には……５つの環が。

「……隠匿？」

先程のクエスト達成通知で表示された【遺物隠匿】というスキルを思い出し、呟いてみれば……一瞬で俺の視界から消え去り何処かへと行ってしまったが、あれが俺の遺物なのだろう。

「ちょ、レンジ！　解放されたわよ！」

「だね」

「私のこれ、十字架？　みたいな奴結構いい感じだけど……レンジのは？」

「なんか隠せるみたいだから隠した」

「ちょ、見せなさいよ。はぁ……あ、これね【遺物隠匿】」

姉の声と共に、周囲にあった遺物が消え去り、いつも通りの姉に戻る。

周囲に白い十字架を浮かべた姉という絵面に少し違和感を覚えていたので、消えてくれて助かった。

「レンジの遺物はどんな能力だったのよ」

「今見る」

【虚ノ累環】LegacyWeapon I
・直近1秒間の間に環を通った矢の本数分MPを消費して、矢の後方に連立した矢を出現させ、出現本数に比例して矢速を加速させる。
・【遺物操作】を使う事で、環の数を5／2／1個に変える事ができ、その環の強度も1／2／3倍となり、消費MPは1／2／5乗となる。
・？？？

「『？？？』？」

「あ、やっぱレンジも効果内容にハテナがあったのね」

「うん。能力に関しては……理想的、かな？」

俺がずっと願っていた、圧倒的な矢の連射が出来る訳だし、【領域射撃】などと組み合わせれば1秒間に2本の矢を環に通す事が出来、環を5つ重ねれば――幾つかは分からないが途方もない数の矢を1秒間に同じ場所へと放つ事が……？

「いや、無理でしょ。後でどうなるのか確かめないと……」

「ん？　どうかした？」

「なんでもない。姉ちゃんはどんな能力だったの？」

単純計算秒速一億本近くという、全く想像できない量の矢が放てるのだが、正直上手く想像出来ない以上、発動するとは思えない。

取り敢えずは後で確かめる事にして、話を切り替える為にも姉に問いかける。

「秘密よ。まぁ……ぶっちゃけペア戦ではそこまで役に立たないかもしれないけど、相当強いのは間違いないわ」

「へぇ……」

姉の話を聞きつつ、やはり気になったので先ほどは隠匿した『虚ノ累環』を改めて出現させ、環の大きさなどを眺める。

パッと見た限りでは浮かんでいる腕輪程度にしか見えない。

「お、レンジの遺物？　どう変形するのよ」

「変形？」

「え、しないの？」

遺物の能力の2つ目には、環の数を変えられるとは書いているが……変形はしないだろうから、姉の質問には首を横に振ってこたえる。

「する訳ないでしょ」

「私の変形するタイプなんだけど」

「へぇー」

姉の遺物の見た目は十字架だったのだが、変形するとしたら盾のようになるのか、剣のようになるのか。俺がイメージしやすいのが盾と剣だったのでそう発想したわけだが……。

「見せてよ」

「いやよ。面白くないじゃない」

「……戦闘中とかに急に変形されても困るんだけど」

「それに関しては問題ないわ。変形する時は絶対に分かりやすいし、困る様なタイミングじゃないから」

「……」

相変わらず信用できない姉の発言だが、どうせ意見を変えてはくれないだろうとジト目を向けるだけに留め、周囲にある遺物を手に取ったりして眺めていく。

「ん……？　そういやレンジ、遺物他にも入手できるんだっけ？」

「うん。まぁ、さっき見た限りだとそこまで欲しい物はなかったから――」

「んー……そうね、そろそろ夕飯も近いし、夕飯が終わってから探してみたら？　私も探すの手伝うわよ」

「いや、夕飯後は夕飯後でやりたい事あるし、姉ちゃんは自分の遺物使いこなしてほしいから一人で探すよ」

「……まぁ、分かったわ」

あまり納得はいってない様子の姉を無視して、再び遺物漁りを再開する。

夕飯までの時間は残り少ないので、早めに見つけられれば良いのだが……その為だけに妥協をするつもりもないので見つけられるかは微妙な所だろう。

「あ、レンジ。これどう？」

「ん？　どれ……？」

「これなんかマシンガンっぽくない!?」

「わからん……それに、いらない」

「つまんないわねー、んじゃ、これどうよ！」

そう言って、姉は良く分からない銃器を後ろに投げ捨てながら良く分からない、遺物クエストが発生する前に現れた様な球体を見せつけてくる。

少し気になったが、姉の嬉々とした顔を見て察してしまったのでアイテム名を見る事は無く遺物探しを再開したのだが、それで良かったのだろう。

後ろで『変身しないのー？』と問いかけてくる姉が正直邪魔である。

「……姉ちゃん」

「――変身!!……ん、何？」

「そろそろ夕飯作る時間になってきたから探すの終わりにしてログアウトしよ」

「……りょーかい。第8の街にあるクランホームの方に戻れば良いわよね？」

「うん、そだね」

何個か、欲しい様な遺物を見つける事は出来たのだが、納得のいく能力ではなかったので姉を促し、『銃器訓練所』を後にする。

「それにしても……『銃器訓練所』っていう割にはそんな場所そんなにないわよねー」

遺物が大量に放置されていた倉庫の様な場所を後にして通路を歩いている途中、左右に大量の銃が立てかけられているのを眺めながら、姉が呟く。

確かに、地上にあった遺跡から階段を降り、今いる通路の先にあった魔法陣に乗った先があの倉庫だったのだ。

倉庫全体を回れてはいないのでなんとも言えないが、姉の言った通り、銃器の訓練をする様な空間はなかった。

銃器の訓練を出来る空間であれば、俺の弓の修練も出来る様な気がするのだが……夕飯が終わったら探してみるか。

遺物の力

翌日、俺と姉が時間が無くて把握していなかった、ペア戦の初戦対戦相手がレイナさんから伝えられ……その相手と相対する。

闘技場が対戦フィールドである以上仕方がないのだが、辺り一面が観客に囲われていた。

幸いな事に向こう側から声が届く様な事はないようだが……此方側からがどうなのか、確認した方が良い様な気がしてならない。

「……姉ちゃん、試合始まるね」

「そうね」

「……まさか本当に遺物の内容を教えてくれないとは思わなかったんだけど」

「そりゃ、本番に見せないと楽しくないもの」

「……はぁ」

遺物獲得からだいぶ経った後、今日の朝ご飯を食べている間にされた姉の嬉々とした自慢からして、相当強い遺物なのは間違いないのだろうが……想像していた通りというべきか、やはり遺物の内容は教えてもらえなかった。

まぁ、俺も伝えわすれたので結果的には同じ様な物になってしまっているのだが。

……で。

「まさか初戦から……とはな」

「なんか私達【瞬光】が【PRECEDER】潰しをしてるみたいで申し訳ないわね……」

【瞬光】に所属しているハインズという名の男性と、ミアという名の女性。

俺と姉にしてみれば【瞬光】というのはレイナさん達のパーティを倒し、ソラ達のパーティをも倒した因縁の相手と言っても良い敵なのだが、姉はミアの見下した発言が癪に障ったのだろう。

「レンジ……使うから」

「了解」

〝遺物〟を使う。という姉の発言を受け、姉から少し離れた所に位置取り、試合開始の合図を待つ。

パーティ戦では【瞬光】が1位2位を抑え、レイナさんのパーティはベスト8、ソラはベスト4になったらしい。

別に対戦である以上、【瞬光】のパーティがレイナさん、ソラを倒していたとしてもそこまでは気にしないのだが……俺も、ミアの見下した様な態度は癪に障った。

「……やるか」

『それではぁぁぁああ、ペア戦、第1試合、始めぇぇぇぇぇぇ！！！』

「【雷竜腕】【風竜腕】【精霊魔法：風】【風精霊の加護】【精霊魔法：雷】【雷精霊の加護】【精霊剣王の誓い】」

「【氷竜腕】【炎竜腕】【竜剣王の誓い】」

「【遺物操作】」

「【遺物操作】」

ハインズの各腕に雷、風が纏われ、それぞれの手に持った剣がそれに呼応するように雷、風を帯びる。

また、ミアはミアで各腕に氷、炎を纏い、各剣もその属性を帯びた訳だが……。

「えい」

「その掛け声どうにかならないの……」

「なんか、自分の手で持ってる訳でもないから、やる気が入らないのよね……」

突如空中に出現した4つの十字架によって全ての剣が叩き落とされる。

嬉々として変形すると語られていた為、変形すると思っていたのだが……。

「それ、そのまま使うの？」

「ん……完膚なきまでにボッコボコにする予定だから……別のも使うんじゃない？　まぁ――あんなんじゃ必要ないかもだけど？」

『あんなん』と言ったタイミングで、唐突に剣を叩き落とされたことで少し呆けた2人へと目線を向けた姉。

それを受けてすぐにハインズとミアは反応を示したが、その反応は対極に近かった。

「……〝遺物〟か。相変わらず最先端を行ってるな」

「あ、なんかムカついたわ。手加減してやろうと思ったのに……やっぱやめ――」

「えいっ……あ、レンジ。これ本当に必要ないかも」

わざとらしく煽りながらミアを吹き飛ばした姉。

同タイミングでハインズの方も吹き飛ばそうとはしていたが、あっさりと躱されていた。

遺物の存在を知っている事も考えると……、

「姉ちゃん、ハインズの方多分だけど、レッサーザラタンソロで倒せる」

「え、ま？　りょーかい」

ハインズは『災獣研究所』に到達しているのだろう。

俺が知ってる中で遺物の存在を知れるのは『災獣研究所』と『銃器訓練所』のみ。

ハインズが遺物を持っている様子はなく、見た事もなさそうなので『銃器訓練所』に到達した事がないと考えると、容易に『災獣研究所』に到達していると推測が立てられるのだ。

一応【Recorder】や【瞬光】のクランマスターであるルトさんから情報を仕入れた可能性もあるが……まぁその可能性は低いだろう。

「あー、もうムリ！　ぶっ殺す！！！　ハインズ、使うわよ!!」

「好きにしろ。俺はルトさんのお気に入りが動くまでは動かん」

「……使えないわね！　【ダブルキャスト】【インフェルノ】【テンペスト】!!」

「っちょ、【遺物操作】【守衛領域】【騎士王の誓い】【ハイプロテクト】【ファランクス】【タフネス】」

周囲が炎に包まれ、風が吹き荒れて雷が落ちてくる——前に、姉が8つの遺物全てを盾の形へと変形させてドームを作り、全力で防御をした。

盾の隙間から満足気に突っ立っているミアが見えている事を考えると、この状況を利用しない手はない……と。

「【遺物操作】【ダブルショット】【ペネトレイト】」

遺物操作で5つの環が1つに融合し、その環の中を通った4本の矢が一瞬で途方もない数に増加し……それ等全てが1秒以内に、標的へと着弾した。

咄嗟に矢とミアの体の間に差し込んだハインズの剣を一瞬で突き破り、ミアの体へと突き刺さる……だけに留まらず、貫き、闘技場の壁をも貫いていく。

「レンジー？」

「ん？」

「何やってんの？」

「全力攻撃」

「【リザレクション】」

「「……!?」」

ミアが死んだ事で魔法の効果が切れた為、姉は盾を元の十字架の形に戻し、4つを隠す。

俺は俺で環を2つの状態にし、片方を隠した訳だが……そんな姉と俺を他所に、ハインズは【リザレクション】を使ってミアを復活させていた。

「……姉ちゃん、【リザレクション】って【遠距離魔法】専用のスキルだった気がするんだけど……？」

「……それどころか、確か聖王とかそんな感じじゃないと相当制限掛けられた気がするわよ」

普通のスキルに関わる情報は俺もあまり持っていないのだが、俺が持っている召喚士という職業専用と言っても良い【召喚】スキルなど、使用制限が多いスキルは沢山存在する。

その代表例が【リザレクション】だった筈だが……剣を持っていた故にハインズが【近距離攻撃】だと思っていた姉と俺は、驚きを隠せなかった。

「ミア。十字架は8つ、レンジの矢は防ごうとするな」

「……分かったわ。煽るだけあるわね、何で殺されたかすら分かんなかったわよ」

「後ろを見ればわかる」

「後――ろ!? え……何があったらこうなるのよ!?」

ミアが見て驚きの声をあげたのは、俺が作った1つの穴。

闘技場の壁に空いている穴はその周囲にあった筈のひび割れはなくなりながらも、全く修復される気配はなかった。

俺にしてみても、【銃器訓練所】の最奥地にあった訓練施設を利用した時以上の結果で驚きはしていたのだが……そんな驚く様な事だろうか？

「レンジ、一応言っとくけど……闘技場の壁ってすぐ直るのよ」

「……？」

思わず、全く直る気配のない闘技場の壁と姉の顔を何度も見る……が、姉が冗談を言っている気配は無かった。

「取り敢えず……バレてんなら隠す必要はないわね」

そう言い、全ての十字架を顕現させ、自分の周囲に浮かばせる姉とそれを見て頷くミア。

「女の方は把握したわ。ハインズ、もう1個の遺物は？」

「レンジの方は不明だ。十字架が盾に形を変えて隠してしまった以上仕方がない。……まぁ、あの環が何かをしたのは間違いないから一直線には並ぶなよ」

「分かったわ。ハインズにしては得た情報少ないわね。もう1回死ぬ？」

「いや、良い。どうせ今からは俺が狙われる。いつも通りの方に戻すぞ」

「分かった。【水竜腕】【氷竜腕】【精霊魔法：水】【水精霊の加護】【精霊魔法：氷】【氷精霊の加護】」

「【土竜腕】【鉱竜腕】【精霊魔法：土】【土精霊の加護】【精霊魔法：鉱】【鉱精霊の加護】」

期せずして、姉と俺の様な位置取りをし始めたハインズとミア。

明確に違う点はハインズとミアが魔法による防御、魔法による攻撃を行おうとしているのに対し、姉と俺が物理による防御、攻撃を行おうとしている事だろう。

「んじゃ、初めましてのご挨拶でもしますかね！　【テンスキャスト】【ファイヤーアロー】」

「あ、私やるわ」

「了解」

「ほい……っと。楽で良いわね」

ミアが放った100本の火矢を、姉がスキルを使う事すらもなく、難なく撥ね飛ばす。

4つの十字架を盾の形に、残りの4つの十字架を剣の形へと変形した姉は火矢を打ち返し、改めて俺を守るべく一歩前に出る。

「にしても……遺物って便利ね。こんな楽に防げるとは思わなかったわ」

「「……」」

あっさりと防いだ姉に、1000近くのMPを使って対処しようとしていた俺や、追撃を行おうとしていたハインズも、思わず押し黙る。

「ハインズ？」

「思ったより遺物が厄介だな……俺が知る限りだと遺物は所有者の意思に関係なく自由に迎撃してくる筈だ。遺物を突破しない限り勝ち目がない」

「……厄介ね。レンジの方の遺物の効果がまだはっきりしないのも厄介すぎる……」

ハインズ、ミアが宙に浮かぶ俺の遺物に目を向け、距離を取る。

姉と俺も遺物を万全に利用した状態での連携を練習してこなかった為……、

「姉ちゃん、どう動く？」

ハインズとミアとは別の理由で、動くに動けなかった。

「んー……どうしよっか？　レンジへの不意打ち手段も無さそうだし、私の戦法で良いと思うんだけど」

「……んー、いや。次の練習台にもなってもらう為にもそれは嫌だ」

「りょ。んじゃどうすんの？」

姉の問いかけに対し、思わず返答に詰まる。

零夜達に脳筋戦法が通じなかっただけに頭ごなしに否定してはいたが、別の戦法があるかと言われると、正直何も言えないのだ。

強いて言うならば俺のもう1つの遺物に頼った戦法を取る、というのもありだが……やってみるか。

「姉ちゃんは好きに動いて良いよ」

「……？　私の戦法と一緒に思えるけど」

「俺も好きに動くから……だいぶ違うと思う。矢を当てる事だけはないから、安心して良いよ」

「……まぁ分かったわ。矢が当たる云々は元々気にしてないし……危なくなったら呼ぶのよ」

「……了解【遺物起動】」

「んじゃ、行くわよ!!」

姉が声を上げ、ハインズとミアの下へと走り出す。

それと共に俺は後ろに少し下がり……、

「【精霊王の加護】【精霊魔法：火】【火精霊の加護】【精霊魔法：炎】【炎精霊の加護】【精霊魔法：水】【水精霊の加護】【精霊魔法：土】【土精霊の加護】【精霊魔法：風】【風精霊の加護】【精霊魔法：雷】【雷精霊の加護】【精霊魔法：光】【光精霊の加護】【精霊魔法：闇】【闇精霊の加護】【精霊魔法：影】【影精霊の加護】【精霊魔法：無】【無精霊の加護】」

「【チャージ】」

なんのためらいもなく、【チャージ】を発動した。

「ちょ、レンジ⁉」

「ん……？……罠だったとしても攻撃しないのはあり得ないな。ミア」

「分かってるわよ！　【インフェ――】」

「させる訳ッ、ないでしょうが!!　【シールドバッシュ】!!」

「【――ルノ】!!」

「ちょ、レン――」

「【アースクウェイク】」

「ちょ……【ヘビーウェイト】、【スラッシュ】!!」

「【アースウォール】」

俺が【チャージ】を発動した事で、姉はハインズとミアに行動させないべく、全力を尽くし始めるし、ハインズとミアはそれぞれで全力で攻撃を加え始めていた……が、俺には当たらない。

「「「……」」」

「……レンジ？」

「空間を歪ませてる……？　ミア、蜃気楼の様な物だ。レンジの居場所がズレてる」

「面倒くさいわね……【ファイヤーフィールド】。っし、あそこよ」

「【アースランス】」

流石に、無精霊であるファンにお願いして作ってもらったブラフは一瞬でバレてしまったが……

そもそも、まだ俺の遺物の効果が発動されていなかった訳で……、

「んなっ!?」

「ちょ、何外してんのよ？」

「【シールドバッシュ】!!」

「きゃぁ!?」

「からの……もう1回！　【シールドバッシュ】!!」

「【アー――】グッ……」

幾つもの石の槍が、俺を逸れていった事を境に、事態がまた急変した。

物理と違い、必中だからこその〝魔法〟。

それ故に動いていなく、スキルなども発動していないにもかかわらず、俺を逸れていった魔法には流石に動揺したのだろう。

ミアは姉の攻撃を真っ向から受け、ハインズも防御が間に合わず、攻撃を食らっていた。

「……っ、矢除けの加護の類だ、ミア！【フォーリンスター】!!」

「分かったわ！【ハイドロウェイブ】！！！」

……が、すぐに立て直し、近くにいる筈の姉に構う事なく、俺へと範囲攻撃を放ち始めた。

「ッ!! 邪魔よこの波!!」

矢除けの加護という物は聞いた事がないが、名前からどういったアイテムなのかは察しがつく。

勿論、俺の遺物は矢除けの加護ではなく……ＭＰ消費がネックではあるが、範囲攻撃であっても全く問題なく対処が出来るので、

「なっ!? 範囲攻撃も避けるのか!?」

「ちょっ、ハインズ。１分経つわ!!」

何の問題もなく、１分が経過した。

１分が経過した事で動けるようになった俺を庇う様な場所を位置取り、視線を向けてくる姉。

……まぁ、言いたい事は分かる。

「……レンジ？」

「ん、何？」

「心配したんですけど……」

「自由に動くって言ったじゃん」

「それはそうだけど――」

「――いつもの姉ちゃん」

「さー!!　倒すわよ！！！」

「おい」

どちらかというと、日頃の行動に対しての自覚があった事に驚きを覚え、思わず声を出すが、姉はそれを聞かなかった事にし、ハインズとミアの方を指差して『やっちゃえ』とだけ言い放つ。

「……まぁ、やるんだけど。まずは、【領域射撃】」

「ッ、ブラッドスキル!!　【要塞領域】!!」

「【反射襲撃】!!」

「げ」

「うわ」

俺が【領域射撃】を放った事で、応えるように【要塞領域】、【反射襲撃】というブラッドスキルを発動したハインズとミア。

それに伴って地面が隆起し、ちょっとした砦《とりで》の様な物が出来上がり……その周囲に幾つもの鏡の様な物が浮かび上がった。

「チッ、やっぱブラッドスキル同士だと反射しないか……」

「ハインズ、思ったより削られてるわよ」

「レンジ、砦！　なんか私のブラッドスキルより見た目がかっこいいんだけど⁉」

「……見た目の問題じゃないでしょ」

砦の上から、ハインズとミアが見下ろしてくる。

先ほど聞こえたハインズの言葉、ミアのスキルの事を考えると……【チャージ】の使い道を殆ど潰されてしまった。

『ブラッドスキル同士では反射しない』という事は俺の全力攻撃である【チャージ】を使用してからの【サウザンドアロー】【インパクト】【ブラスト】は反射されてしまう可能性が高い。

流石に全てが反射されるとは思わないが、ＨＰがほぼ０に等しい俺は、たとえ姉にダメージを肩代わりしてもらったとしても死ぬ気がしてならないのだ。

なんなら、討伐戦の時のように俺のせいで姉にデバフがかかりかねない。

「レンジ、あの砦入り口なさそうなんだけど？」

「……いや、登る為の物じゃないし……」

「じゃあ、私出来る事ないんだけど……」

「……」

嘆く姉を他所に、どうにかして攻略できないかを考える。

【反射襲撃】……襲撃というからには、同一の攻撃が跳ね返ってくるとは思いづらい。

ミアのプレイスタイル――恐らく【遠距離魔法】である事を考えると、加えられた攻撃の分だけ、魔法で反射をしてくる筈だ。

姉のブラッドスキルである【守衛領域】の様な、ダメージを与えた術者本人に跳ね返される様な物であるとどうしようもないのだが……って。

「姉ちゃん、【守衛領域】の効果、跳ね返ってなくない?」

「そりゃ、まだ1ダメも食らってないもの」

「……まじか」

俺の記憶の限りでは、一応姉にも【アースクウェイク】や【ハイドロウェイブ】などの攻撃が加えられていた気がするのだが……それだけ、姉の防御力が高いのだろう。

「……ミア」

「ええ。【マルチキャスト】【インフェルノ】【テンペスト】【アポカリプス】」

「……レンジ、なんか向こうでやばめな魔法陣が見えるんだけど!? あれ破壊して!」

「ちょ、姉ちゃん!? 攻撃してみるから、防御!!」

「りょ! 逃げれ……はしないわよねー、【騎士王の誓い】【ハイプロテクト】【ファランクス】【タフネス】【ヘビーウェイト】。【遺物操作】」

全力で自身にエンハンスをかけ、俺の攻撃を放つ為の隙間以外全てを盾で包み込んだ姉の横で、俺も俺で先ほど解除した精霊の加護などを全て発動して、全力攻撃を放つ。

正直【反射襲撃】は気になるが……そんな事も言ってられないだろう。

「【精霊王の加護】【精霊魔法：火】【火精霊の加護】【精霊魔法：炎】【炎精霊の加護】【精霊魔法：水】【水精霊の加護】【精霊魔法：土】【土精霊の加護】【精霊魔法：風】【風精霊の加護】【精霊魔法：雷】【雷精霊の加護】【精霊魔法：光】【光精霊の加護】【精霊魔法：闇】【闇精霊の加護】【精霊魔法：影】【影精霊の加護】【精霊魔法：無】【無精霊の加護】」

「【遺物操作】【サウザンドアロー】【インパクト】【ブラスト】【アンチマジック】」

かけたＭＰは約１５０００。残ＭＰが数千に減ってしまったのですぐにＭＰ回復薬を飲み……結果を見守る。

「【アースウォール】【ミネラルウォール】【アイスウォール】。ミア、砦の中に！」

「ちょ、私マルチキャ――」

どこか、遠くに思える様な位置からそんな声が聞こえると共に……爆音が響き渡る。

因みにだが、俺は虚ノ累環を１つに纏めているので、一か所だけ途方もない速度で相手への攻撃を加えている筈、だ。

「うげ」

「……姉ちゃん？」

「や、多分問題ないわよ!?　多分！　多分……暴発しなけ――」

そんな姉の発言の最中、先程の爆発よりも大きな、耳を劈く様な爆音が響き渡る。

一瞬、何も聞こえなくなった瞬間があったと思ったらすぐに聞こえるようになったのは……鼓膜《こまく》が破けた直後、姉が被ダメージを肩代わりしたからなのだろう。

「……姉ちゃん？　聞こえる？」

「ん？　問題ないわよ？」

「うわっ……」

「何引いてんのよ……」

「俺、鼓膜破けたんだけど？」

「へぇー……あ、確かに私のＨＰ少しだけ減ってるわね」

「あんな爆発があってそれだけって……」

「いや、多分私達に攻撃加えられてないわよ？」

「まじで？」

よく見てみれば、砦の上半分が吹き飛んで周囲一帯が黒焦げになっているものの、姉の作り上げた盾の防御の周囲には、何処にも焦げらしきものは存在しなかった。

【リザレクション】【エリアハイヒール】

「……ハインズ。私の魔法、成功した？」

「いや、失敗した。死んでなければ発動したんだろうが……まさか普通の攻撃で【反射襲撃】を破ってくるとは思わなかったな」

「そうよね……」

「「……」」

「レンジ、また復活されたんだけど……」

「ハインズさん殺すの忘れてた……」

【リザレクション】を使われ、ミアが復活した後に気づいた、すべきだった行動。

あのタイミングで姉と共に雑談をするのではなく、ハインズに向けて遺物を使った攻撃、又は【領域射撃：攻殺陣】を使っていれば勝てていたのだろう。

振出しに戻ったどころか、俺のMP残量を考えると最初よりも若干不利になっている。

【リザレクション】の消費MPも少なくはなかった筈なので、ハインズもハインズで残りMPが少なくなっているだろうが……俺ほどではないだろう。

「あー……いけるかミア？」

「問題ないって言いたいところだけど……【要塞領域】がない以上相当厳しいわよ？」

「それは分かっている。……どうするか」

此方を警戒しているのかも分からない態度で会話をする2人を見て、姉が声を潜めながら撃ち殺す事を提案してくる。

それに対して、異論もなかった俺はすぐに攻撃を放ち――、

「レンジ、あれ撃って良いんじゃない？」

「ん……やるか。【領域射――】」

「――無理だな」

「そうね」

「【――撃：攻殺陣】」

最期に、置き土産と言わんばかりの魔法が放たれるよりも前に……ハインズ、ミア両名の死亡が確認され、戦闘が終了した。

力の源

クラン対抗戦の中の1つとして存在するペア戦だが、出場チームは計8チーム。要するに8クランの各代表によって行われている。

第1試合に姉と俺が代表である【PRECEDER】対、ハインズとミアが代表である【瞬光】の対戦が行われたように、第2試合では【道化師団】対【SLAYER】、第3試合では【桜吹雪】対【Recorder】、第四試合では【美食会】対【迷宮に潜り隊】が行われていた。

で、2回戦の姉と俺の対戦相手は、【道化師団】というクランなのだが……。

「ジャグリング?」

目の前で、試合開始前からジャグリングをし続ける、瓜二つの顔をした少女達。

「あの2人純粋に凄いわね」

両者共に1人で8つもの短剣を投げ続ける光景は素直に凄いと思える物だったし、これが戦闘前でなければずっと見ていたいとも思える様な物なのだが、戦闘前なのでそんな事も言ってられない。

改めて姉の少し後ろを位置取り……試合開始の合図を待つ。

『それではぁぁぁああ、ペア準決勝第1試合、始めぇぇぇえええ！！！』


「レディース＆」

「ジェントルマーン」

「お命頂戴？」

「観戦料だよ？」

「お金はいらない」

「魔法もいらない」

「『2つで良いから』」

「『お命頂戴？』」


試合開始と共にジャグリングを止めて8つの短剣全てを宙に浮かせ、両腕を広げながら声を発し始める少女達。

想像以上に狂気に染まったといった表現しかできない雰囲気に、思わず一歩後ろに下がりつつ、矢を番《つが》える。


「逃げちゃだめだよ？」

「逃がしちゃだめだよ？」

「足もらおっか」

「腕がいいかな？」

「瞳もいいかも！」

「首でも良いよ？」

「まずは魂」

「その後器」

「両方貰って！」

「人形作るの！」

「【魂舞領域】!!」

「【器舞領域】!!」

〝領域〟と名が付いた、２つのブラッドスキル。

後ろから姉の顔を窺ってみれば、思っていたよりも数倍は楽しそうな笑みを浮かべていたので守りは問題ないと思いたいのだが……。

「ロールプレイやばいわね……。今まで見た中で最高レベルよ」

「褒められちゃった？」

「褒められちゃったね！」

「お礼する？」

「お礼しよっか！」

「綺麗な人形！」

「素敵な人形！」

「「素材!!」」

「【エンチャント】『炎』『水』『鉱』『風』『聖』『闇』『幻』『混沌』！」

「【エンチャント】『火』『氷』『土』『雷』『光』『影』『無』『混沌』！」

全短剣それぞれに違う属性が付与され、再びジャグリングを再開した所に、つい矢を射てしまった。

「あっれー？」

「んー？」

「歯向かう人形さん！」

「暴れだす人形さん！」

未だに表情1つ動かさず、ジャグリングを続ける瓜二つの少女達。

俺の矢は短剣に当たった筈なのだが……、ジャグリングは乱れる事もなく、難なく続いていた。

「レンジ、邪魔しないほうが良いわよ」

「……え？」

「ロールプレイする人達って自分のリズムあるから。乱すとキレるわよ。それに面白くなくなるし」

「……了解」

「「【ショートワープ】」」

姉と俺を挟み込むように左右へと移動し、ジャグリングの縦回転を徐々に横回転にしながら大きくしていき、姉と俺の所付近まで届く大きさで、様々な色に染まった短剣が回り続ける。

「人形舞台」

「一の幕」

「お好きなように」

「踊ってね？」

「逃げ続けるも良し」

「迎え撃つも良し」

「舞う足」

「舞う腕」

「いつが首かなー？」

「まだあとちょっと！」

「早く欲しいな！」

「でもでもがまん！」

「舞い散らないと」

「面白くないもん！」

「【操剣王の誓い】」

「【操剣王の誓い】」

瓜二つな少女達の宣誓の様な物が終わった直後、姉は姉で【守衛領域】を。

俺は俺で【遺物起動】を発動した。

因みにだが、俺のもう1つの遺物『徨界ノ輪郭』は矢、魔法などの飛来物に対する1秒以内の事象の改変が行える。

条件が分かりづらいが……。

【徨界ノ輪郭】LegacyWeaponⅡ

・飛来物全てに対し、飛来物に込められたMPの倍を消費する事で1秒以内に収まる事象の改変を行える。

・1秒以内に所有者に害をなす可能性のある飛来物全てを、飛来物に込められたMPの倍を消費する事で1秒以内に収まる範囲で逸らす。

・？？？

実際にそう書いてあるのだから仕方がない。

色々と試してみた所、1秒先の位置をずらす、1秒間その場に留まらせることなどが出来る為、色々と幅が広い。

魔法を放ってから1秒以内に事象を改変してしまえば、発動しなかった事にすら出来たりするのだ。

『銃器訓練所』でそれを起こした際には、普通に次の魔法を放とうとする魔術師の下に戻っていき、掻き消える火球という、何とも奇妙な光景を作り出す事が出来たのだが……実際に使えば、これ以上ない程に隙を作る事が出来るだろう。

話を戻すが、少女達が持った短剣は、最終的に少女たちの手に戻っているので飛来物として成り立っているのか少し怪しかったが、試しに少女達が持った短剣を少しずらしてみた所、２ＭＰしか消費しなかった。

――要するに、彼女等は１つの短剣を投げる毎に１ＭＰを消費している。

まぁ、消費ＭＰに関してはどうでも良いのだが……ＭＰ切れを狙うのは流石に厳しいだろう。

「何かした？」

「何かあった？」

「んーとね、何かされた！」

「何それ良いな！」

「されるといいね」

「されるといいね！」

で、問題は１秒以内に届く範囲内にいた筈の少女の下まで、短剣を届ける事が出来なかった事だが……まぁ、それは仕方が無いか。

恐らく少女達の短剣が有り得ない軌道をして少女達の手元に戻っていくのは、ブラッドスキルである【魂舞領域】【器舞領域】の効果によるものだろうし……力関係的に遺物がブラッドスキルに勝てないのは仕方がない。

「レンジ、あの子等のスキルだけど……」

「ん？」

「多分、レンジと同じように剣に領域が纏わりついてるタイプよ。私と相性悪いから……ダメージの肩代わりは期待しないで」

「了解」

正直、今までの戦闘は姉の【守衛領域】を心理的に頼りにしてきた節がないでもないので、無くなるのは正直辛いのだが……不幸中の幸いか、『徨界ノ輪郭』によって短剣による被ダメージが加えられる可能性はほぼない。

ただ、近寄ってくる短剣全てに対して『徨界ノ輪郭』の効果が発動してしまうので、想定以上にＭＰが消費されていっていた。

「あ、ほんとだ！」

「どうだった？」

「変わったよ」

「変わったね」

「なんでだろ？」

「わかんない」

「全部だね！」

「全部じゃない！」

「違うんだ」

「違うんだ」

「……本当に凄いわね。様《さま》になりすぎて厄介よ」

「どゆこと？」

「んー……スタイルが確立されてるっていうの？　少し違うけど、私が防御特化だから強いのと同じ理由よ。あの子等も……うまく言えないけど、尖ってるじゃない？」

「まぁ、そうだね」

全く、一欠片の疑問もなく自分の事を強いと言い切ってみせた姉になんとも言えない気持ちになりつつも、ある程度は納得する。

俺も、未だ〝彼〟に至れているとは思えないが、〝彼〟を目指して連射に特化してきて、ある程度の力がある筈なのだ。

それと同じ様な事なのだろう。

「……連射、なぁ。やるか。【遺物操作】【ダブルショット】【ペネトレイト】」

「【ショートワープ】」

「【ショートワープ】」

「危なかったね」

「危なかったよ」

「避けちゃった」

「つられちゃった」

「怖いね」

「速いね」

「でも、当たらない」

「でも、当てれないよ？」

「そうだね」

「なんでだろ？」

「わかんない」

「次行っちゃう？」

「行っちゃおー！」

【魂舞領域：反転：舞器】」

「【器舞領域：反転：舞魂】」

俺が放った矢が、容易く躱されて闘技場の壁に大きな穴を作り上げる。

相変わらず、消費ＭＰが１０００程度しか無いというのに途方もない破壊力を伴っており、容易く躱せたとはいえ少女達にも思う所があったのか、新しいスキルを使い始めた……が、特に何も変化は起こらなかった。

「はっじめるよー？」

「おっけー！」

「えーい」

「えーい」

「んー、っとこう！」

「んー、じゃこう!!」

「えーいえーい」

「えーいえーい」

今までと違い、自身のみで横ジャグリングをするのではなく、お互いに通常ではありえない軌道で短剣を投げ合い、16の短剣でキャッチボールを開始した少女達。

勿論、その中央には姉と俺がいる訳だが……姉は姉で防御力が異様なまでに高いし、俺は飛来物による攻撃をほぼほぼ無効化出来るので、まだ問題は発生していなかった。

「おかしいなー」

「おかしいね」

「なんでだろ？」

「遅すぎる？」

「かもしれない！」

「もっともっと」

「どーんどーん！」

「……んー」

「……んー」

「なんか違うね」

「なんか違うよ」

「んー」

「んー」

「第2幕？」

「始めちゃう？」

「始めちゃおー！」

「ばらばらマジック！」

「【操魔王の誓い】!!」

「【操魔王の誓い】!!」

再び、スキルを発動した少女達を他所に、俺は姉に話しかける。

「姉ちゃん、さっきから動いてないけど……どうする？」

「どっちを攻めるか、よね……見た感じ技量にも差は無いし。んじゃ、あっち！」

「【ショートワープ】」

「【ショートワープ】」

「くすくす、おかしいね」

「くすくす、おかしいよ？」

「あっち、誰もいないのに！」

「さーて私はどっちでしょう！」

「……私が攻める方があっち。良いわね？」

「了解」

「そんな余裕」

「あるのかな？」

「えーい、で、こう！」

「こーう、で、えい！」

「ッ⁉」

少女達が今まで以上に手首のスナップを利かせ、投げた短剣から……青白い線が伸び、他の短剣と繋がる。

その線はすぐに切れたり、他の短剣と繋がったり。様々なタイミングで切り替わりながら、徐々に切り替わる速度を速め始めていた。

短剣とは違い、飛来物として扱われていないのか、線は逸れてくれないので自身の力で躱すしか無く、それが出来なかった瞬間に……腕が飛び、瞬時に回復した。

「……まじか」

思わず、繋精弓をストレージに仕舞いたくなる様な光景を目にし、衝動をグッとこらえながら姉の方を見ると……姉は幾つもの青白い線、飛来する短剣を無視しながら少女と斬りあっていた。

少女は少女で、宙に浮かぶ幾つもの剣を取り、姉に斬り付けては投げ捨て、近くに浮いている他の剣で斬り付けては投げ捨てる。

合間合間にもう片方の少女とのジャグリングを続けているので、少女の間合いの切り替わりは、俺が想像できない程の速さになっていた。

「……どうする、俺がすべきは……援護か。【ダブルショット】」

「わっ、【ショートワープ】！」

「危ないね、【ショートワープ】！」

一瞬、姉と斬りあっていない方の少女を攻める事でジャグリングの連携を阻害しようかと思ったが……姉と片方を攻める約束をした事を思い出し、すぐに姉の援護をすべく攻撃を加える。

当たり前のように躱されてしまったが、まぁ仕方が無いだろう。

そもそもが躱される事前提なわけで……、

「【領域射撃：攻殺陣】、【領域射撃】」

少女達それぞれに、領域射撃を放つ。

恐らく、先程まで姉と斬りあっていた方には【領域射撃：攻殺陣】を。もう片方には【領域射撃】をといった具合に。

「【ミラージュ】」

「【ミラージュ】」

ついでに【ハンドレッズアロー】で投げ捨てられていた幾つかの剣を破壊しようとしたのだが……それ等全ては【領域射撃】を躱すついでに回収されてしまった。

「なんだろう？　歪んでる？」

「歪んでたね！」

「ミラージュ使えた！」

「運がよかった！」

「今日はついてる！」

「運がついてる！」

「お首がいっち、にー！」

「魂いっち、にー！」

「でもでもー」

「でもでもー？」

「そろそろ閉幕！」

「早く刈らなきゃ！」

「諸刃の剣！」

「戦乙女！」

「【魔導剣士の誓い】！」

「【魔導剣士の誓い】！」

「「いっくよー？」」

唐突にジャグリングを止め、自身の周囲に8つの短剣……に留まらず、大量の剣を浮かべて特攻してきた少女達を、姉が真っ向から迎え撃つ。

「ぐっ……」

「1人――？」

「1つ目――！」

「お首をすぱーん！」

「【ダブルショット】」

「【ショートワープ】わっ、危ない！」

「【ショートワープ】要注意！」

「【ハンドレッズアロー】【インパクト】【ブラスト】」

俺などは眼中にないとでも言わんばかりに姉を狙い、首を刈ろうとする少女達を狙って矢を射り、【ショートワープ】の先にハンドレッズアローを放つ。

流石に姉1人で変則的な少女達の相手は厳しかったようで、相当量の傷が体に出来ていたが……

今は少女達に追い討ちをかける事の方が重要なので後回しにし、全力で追い討ちをかけにいく。

「【ミラー――】あれ、だめだ！」

「切り落とそう！」

「仕方ない！」

「【ダブルショット】【ペネトレイト】」

「わ、折れた！」

「強いねー」

「強い――」

「あれ？」

【領域射撃】を使った時とは違い、空間に歪みが発生していなかったからか使えなかった【ミラージュ】のせいで、少女の内の片方が、『虚ノ累環』によって増幅された矢を真正面から受け止め、貫かれる。

彼女等にしてみれば8つ以上もある全ての剣で打ち落とそうと考えていたのだろうが……1秒以内に到達する700近い矢がそれを許すはずも無く、それ等の剣を全て削り折りながら、少女の体を貫く事に成功していた。

「死んじゃった？　死んじゃったねー……なんでだろ？」

「……」

「……レンジ」

「ん」

動きを止め、少し上を見上げて呟きだした少女を見て攻撃を止めてしまったが、姉に促されて矢を番える。

「あ、おしまい？　残念。無念。次は刈る。また逢う日までー？」

「【ダブルショット】【ペネトレイト】」

俺の最後の攻撃を、少女が避ける事も無く受け入れたことで……姉と俺のペア戦決勝進出が、思ったよりもすんなりと決まったのだった。

その後、次の試合の出番が来るまではクランホームで時間を潰すのだが……クランメンバーは全員闘技場で試合を見ているので、俺と姉以外がいない、自由な空間が広がっていた。

まぁ、丁度良い。

対零夜に向けて、姉に俺の思いを伝えておこう。

激突

「今度こそ逃がさねえ」

「……零夜？」

「今度こそ絶対倒す」

「……レンジ？」

ペア戦決勝戦。

予定通りとも言うべきか、相対した零夜と遥のペアを見据えている内に、無意識に声を漏らす。

何というか、不意打ちをされたから、姉を殺されたからというのもあるのだろうが、零夜には絶対に負けたくない、という思いがあるのだ。

それは、討伐戦が終わった後に対面した時に感じた、何とも言えない感情からか。

もしくは、〝彼〟の強さの証明の為か。

結局、結論付けることは出来なかったが……、絶対に零夜に勝つ、という揺るぎない思いのみは変わらない。

「……レンジ、見返してやるわよ」

「うん、絶対」

「そりゃそうね。それに、私らが優勝して十六夜に勢いづいてもらわないと」

「……そだね」

正直、十六夜さんの事は意識の外だったので返答に詰まる……が、すぐに切り替えて姉の少し後ろという初期位置を位置取り、戦闘が始まるまでの少しの時間を精神統一の時間に充てる。


『それではぁぁぁぁああ、ペア、決勝戦。始めぇぇぇぇええぇ！！！』


「【ダブルショット】」

「チィッ――――」

「【ノネット】【フィジカルバリア】【ノネット】【マジックバリア】」

「【遺物操作】【守衛領域】【騎士王の誓い】【ハイプロテクト】【ファランクス】【タフネス】」

「【遺物起動】」

「――吸え」

初手から遺物の効果で増幅した矢をもって零夜を射殺しに行くが、当たり前のように躱され、妖刀に自身の体を斬り付けられて強化されてしまった。

まぁ、遅いか早いかの差しか無いのでそこまで深く気にする必要は無いだろうが……前回同様倒しやすく邪魔な遥を狙う。などという事はせずに、真っ向から――撃ち伏せる!!

「姉ちゃん、色々お願い！　【領域射撃】!!」

「チッ、【次元ノ太刀】」

【領域射撃】によって発生した空間の歪みが、即行で【次元ノ太刀】によって大半の部分を破壊されていく。

零夜のブラッドスキルである【次元ノ太刀】。

もう片方のスキルが〝領域〟に関わるパッシブスキルであると察しが付けられる為、零夜の攻撃には〝領域〟が乗ってくる事を前提に動く必要があるのだが……。

「どう!?」

「斬り進められたわ！　間違いない」

姉の【守衛領域】への反応で、零夜の【次元ノ太刀】にすらも、〝領域〟が乗っている事が判明した。

それならばあの時にも、普通の一振りで【領域射撃】や【領域射撃：攻殺陣】を破壊されたのも納得がいく。

……やはり、零夜との相性はそこまで良くない。

「【ダブルショット】【ペネトレイト】」

改めて、『虚ノ累環』を通した矢を零夜、ひいてはその奥にいる遥をも撃ち殺す気で放つ。

「ッツラァ――――！！！」

零夜の血を吸った事で赤く染まり、脈動する妖刀が数千もの矢とぶつかり合い、押し合う。

今までの敵の時のように、矢が武器を抉り取るといった様な事もなく。

かといって、前零夜と戦った時のように、あっさりと全ての矢を斬り払われるという事もなく。

たった1秒に過ぎなかったが、それでも。

ようやく俺はスタートラインに立てた事を自覚した。

「やっぱ……来るか」

「零夜」

「ああ。ただ、これだけは宣言させてくれ」

「……分かった」

「俺はッ、お前を倒して憧れを超えるッッ！！！【刀王の誓い】！！！」

「んな簡単に行かせるわけ無いでしょーが!!　レンジの所行きたきゃ、私を倒しなさい!!」

「――シィッ！」

抜刀術もさながらの動きで、俺へと距離を詰めようとした零夜を、姉が真っ向から受け止めて撥ね返す。

ただ、俺は俺で……今は零夜の発言が心に残り、それどころでは無かった。

憧れを超える。零夜が言ったその言葉は、いつも俺が抱いている。自分で自分に伝えている言葉と近いようで……とても遠い。

なんとなく、零夜も俺と似た様な理由で勝ちにこだわっているのかと思ったが……。

憧れを夢見ているだけの俺と、憧れを超えていく事を目指している零夜。

どちらが強いか……と言われれば、当たり前のように、憧れを超える事を目指している零夜の方であるし、俺はどうなのか、と言われると、正直何とも言えなかった。

幼少期の頃に見た、憧れの〝彼〟に至る為だけに弓道部に入ったりと色々としてきたが……超える努力は、した事が無い。

〝彼〟を超えてみたい、という明確な意思もなければ、〝彼〟以外の指標も存在しない。

「【ディメンションコントロール】」

「え、ちょ……体が――っていうか壁⁉」

「……あなたの相手は私。私は、零夜の夢の為に、全力を尽くす！　【障壁王の誓い】‼」

「……あー、そういう訳ね。んじゃ、私はあんたをさっさと倒してレンジを見守りに行くとするわよ‼」

遥の【ディメンションコントロール】という言葉と共に、遥と姉、零夜と俺がそれぞれで相対する様な空間が、ガラス張りの様な壁によって生み出される。

「――俺はここで、〝彼〟でも出来なかった、主人公《ヒーロー》を倒す事で、もう一歩、先へ行く」

「ヒーロー……？」

「どうした」

別に俺を倒してもヒーローを倒した事にはならないと思うが……零夜の憧れの〝彼〟は、どちらかというと悪サイドにいる人間なのだろうか。

別にそれはどうでも良いのだが……今、ようやく零夜に負けたくないと思った理由が分かった。

たとえ、零夜が『憧れを超える』という俺の『憧れを目指す』という物よりも大きな目標を持っていたとしても、俺にとっての〝彼〟は、絶対に揺るぎ無い、最も偉大な人物なのだ。

零夜の言う〝彼〟と、俺の言う〝彼〟が直接戦ったらどうなるかなどは分からないし、戦う事も無い。

だが……俺が唯一無二の〝彼〟を目指している以上、負けは認められない。

たとえ、零夜が『憧れ』を超えようとしていても。

俺の『憧れ』だけは絶対に揺るがせる訳にはいかない。

今は『憧れを超える』とかいう、難しい事は分からない。

が……。

「お前に、俺の〝憧れ〟は壊させない!!」

「……」

「……」

「【ダブルショット】!!」

「――シィッ！！！」

「【ハンドレッズアロー】【インパクト】【ブラスト】!!」

「フッ　‼……──【次元ノ太刀】　！！！」

「【領域射撃：攻殺陣】‼」

「──ッラァ‼」

「【ダブルショット】」

「……」

一歩一歩、確実に俺の下へと近づいてきていた零夜が、最後に放った『虚ノ累環』を通った【ダブルショット】によって、数m押し戻される。

刀で受け止めていたが為に零夜の体が貫かれる様な事は無かったようだが……。

「──やっぱ……遠いなぁ。持ってけ」

零夜が空を見てぼやき、再び自身の腕に妖刀を滑らせる。

前回以上に血を吸ったそれは赤黒く脈動し……更なる血を求めるかのように、強く輝いていた。

「……。【精霊王の加護】【精霊魔法：火】【火精霊の加護】【精霊魔法：炎】【炎精霊の加護】【精霊魔法：水】【水精霊の加護】【精霊魔法：土】【土精霊の加護】【精霊魔法：風】【風精霊の加護】【精霊魔法：雷】【雷精霊の加護】【精霊魔法：光】【光精霊の加護】【精霊魔法：闇】【闇精霊の加護】【精霊魔法：影】【影精霊の加護】【精霊魔法：無】【無精霊の加護】」

「フッ」

零夜が軽く妖刀を振った事で発生した赤い刃を、ファイがあっさりと掻き消す。

数度ほど、素振りをするかの様な零夜の行動と共に発生し続けた赤い刃を、ライやヤミ、イムな

どの全員があっさりと掻き消した……事でようやく、零夜が動き出した。

「ッラァ――一閃!!」

「【ダブルショット】」

零夜の抜刀したその先と、俺の【ダブルショット】によって放たれた矢の先がぶつかり合い……

1秒後、零夜が刀を完全に振り切る。

「【領域射撃：攻殺陣】」

それと全く同タイミングに【領域射撃：攻殺陣】を仕掛け――、

「【次元ノ太刀】」

「【領域射撃】」

零夜が【次元ノ太刀】で壊したタイミングに合わせるように、【領域射撃】で蓋をする。

討伐戦の時と同じ様な流れであるが故に、ダメージを与えられる事は期待していない。

俺にとっての本番はここからなのだ。

「【遺物起動】【遺物操作】」

「【ツインアロー】【ペネトレイト】」

「【テンスアロー】【インパクト】」

「【ハンドレッズアロー】【ブラスト】」

当たり前のように無傷で出てきた零夜に向けて、『徨界ノ輪郭』、『虚ノ累環』の効果を万全に使って、三か所から同時に14連射、追加で200近い矢を射る。

討伐戦の時に想定していた15本というのは、ある程度の秒間がある為に全く参考にはならないが……全く同タイミングに別の三か所から14連射、更には200近い矢ともあれば多少のダメージは与えられる筈だろう。

「スゥ……――」

矢の群れを見た瞬間に無言で刀を構え……殆どの矢を一瞬で斬り払った零夜。

俺のAGIを以てしても見切れない速度でもあったので……その速度の異様さが窺える。

勿論、それを見ていた間に何もしていなかった訳もなく……、

「今度こそ、俺の――」

「なわけ、無い！」

「……グッ――」

矢を番える事無く立っていた俺に隙を見せた零夜に、背後に隠して停滞させていた【ダブルショット】を一つに纏めた『虚ノ累環』に通らせ……零夜にぶつける。

そこまで油断はしていなかったからか、咄嗟の所で刀で受け止められてしまったが……多少のダメージは与える事が出来た筈だ。

「――奇しくも、似た様な状況だな……。前回との違いはッ、レンジ、お前が逃げない事だッ‼」

「勝利者も、だ【ハンドレッズアロー】【テンスアロー】【ツインアロー】」

「はッ。お前の矢は、俺には届かねぇ」

「……悪いんだけど」

「……ッ⁉」

【虚ノ累環】を通したりして様々な緩急を付けて放った矢を、あっさりと全て斬り払った零夜の背後から、幾十もの属性矢が撃ち放たれる。

ファイ達にお願いしたのは『頃合いを見て、零夜に魔法を放ってほしい』というもの。

すべての魔法が矢の形をしているのは何気に初めてな気がして、結構嬉しいのだが……零夜相手には悠長な事を言ってられない。

「【ダブルショット】【クイック】【ペネトレイト】」

一つに纏めた【虚ノ累環】から放たれる、数千もの矢。

当たった物全てを抉り取り、貫いていく圧倒的な破壊力を誇るそれを、再び零夜に放つ。

「ぐッ、ァァァアアアァァ‼」

「ライとかヤミ、だけじゃなく。ファイ、ティア、アース、ファン、リム、エン、エイ、イム。全員に沢山協力してもらって得たチャンスだ。悪いけど……勝たせてもらう」

「チッ……くそ……」

ファイ達の攻撃を受けて体勢を崩していた所に放ったが故に、数千もの矢を真っ向から受け止めた零夜は、更に体勢を崩す。

正直、憧れを超える、憧れを目指す。その違いを俺はまだ分からないけれども。

ファイ達、全員の力を借りて此処に立っている以上、〝彼〟を目指すというものとは別に。

ファイ達に誇れる、弓使い。そして精霊使いになる事が、俺の目指すべき先だろう。

「……。一勝一敗。俺も〃彼〃に憧れている以上、もう負けない」

「クソがッ……次は絶対」

「次も絶対」

「『叩きのめす』」

零夜を射殺す際に視界に入った、遥の驚愕と姉の……なんだその顔……。

俺が零夜を射殺したからか、姉が遥の首元に剣を突き付けた状態で、会話を始める。

「なんか思ってたより熱かったわね……まぁ、貴方が零夜？　の何なのか知らないけど、私の弟を楽しませてくれた事は感謝するわ。零夜にも伝えときなさい」

「……まぁ、伝えておく。臆病な零夜を突き動かしてくれた訳だし」

「臆病……？」

「貴方達の挑発。零夜の幼馴染として私がしっかりと受け取った」

「……まぁ、良いわ。で、挑発？　私達への挑戦だったら、私達を楽しませてくれるなら。いつでも受け付けてるわよ、挑戦者《チャレンジャー》さん？」

最後に、遥が言葉を発するよりも前に剣を斬り払った姉。

姉と遥の間に交わされた会話、姉が再び勝手に約束を取り付けた事。

それ等も俺の印象に深く残りながら……、
クラン戦ペア戦が終了した。

エピローグ

クラン対抗イベントが終わってから4日後の木曜日。

本来であれば、いつも通りに自由な時間を過ごしていた筈だったのだが、レイナさんにお願いをされてしまい、【PRECEDER】に参加する、レイナさんのリアフレを案内する事になってしまった。

今日は、第1陣が始まってから2週間。

要するに、レイナさんのリアフレも第2陣の方なのだろうが……、レイナさんにどういった人なのか聞いてみても、『その時になったら分かる』『向こうから話しかけてくれるから待ってろ』と言った様な誤魔化し方をされてしまい、結局の所詳しく聞けていないのだ。

第2陣のリリースを待つ、且つ待ち合わせの為に、初期リスポーン地である噴水の縁に腰掛け、空を見上げる。

それにしても……十六夜さん対ルトさんの戦いは本当にすごかった。

正直、【遠距離物理】の俺には全く関係ないだろう、と高をくくって楓さんに促されるがままに適当に見ていようと思っていたのだが……そんな俺の感情を吹き飛ばす程に、意味の分からないぐらいに、戦闘の流れが決まっていたのだ。

俺の様な、正直行き当たりばったりといった様な戦法ではなく、しっかりと計画を持ち、入念な練習にスキル連携を前提に、相手と駆け引きを行いながら自身の理想の展開へと持っていく。

その意図が、中途半端に読み取れてしまっただけに、十六夜さんとルトさんの戦いには、否応なしに引き込まれたのだった。

俺と零夜の戦いも、ペア戦の決勝だっただけに、十六夜さんとルトさんの戦いと引き合いに出される事も多いらしい――というか、そういった文面を見たのだが、本当に恥ずかしくなる様な事しか書かれていなかった。

自身の未熟さを痛感させられたのもあるが……何より、まるで〝彼〟に憧れている事、中二病な事が露見したかと思う様な、痛々しい文面。

思わず二度見し、真顔になった後で絶叫を上げてしまったのも仕方がないだろうし……その余波で、腐毒の森一帯をプレイヤーが侵入できないぐらい危険な状況にしてしまったのも仕方が無い筈、だ。

「あぁぁぁぁぁ……」

文面を思い出し、再び顔を手で覆って声を漏らす。

当たり前だが、街内でスキルを発動している訳でも無いので人が接近しても気づけず……。

「レンジ、だよな？」

聞き覚えのある声と共に、学校でも見かける見た目そのままの先輩が。

「レンジ……だと？」

知らない声と共に、見覚えのある様な面影がある少年が。

面倒ごとが近づいてきている気がした。

書き下ろし番外編

と、闘技大会っ!!

I'm an unfortunate archer,
but doing Okay

SIDE　ユウ

「んじゃ、行くわよ。レンジ」

「え、ちょ。討伐戦の結果ぐらいは――」

「――どうせ入ってんだから気にしない！」

そう言いながらクランから出て行ったレンジさんと、レンジさんのお姉さんのルイさんが一緒に出ていくのを、『仲良いなぁ』なんて考えながら見送る。

その後、レイナさんが『行ってらっしゃい』と言ったのを聞いて私も慌てて付け加えるように言ったけれども、やっぱりレンジさんへの苦手意識？　というか恐れ多さは相変わらずで……私はまだレンジさんと対面で話すのは苦手なままだった。

100m近くあるレッサーザラタンを笑いながら吹き飛ばした光景や、イサ君から聞いたレイナさんとの対決も原因なんだろうけど……初めてあった時の私の勘違――。

「――ユウさん？」

「ぅえ!?　あ、はい、なんでしょう!!」

「いえ、5位という結果になんの反応も示さなかったのがユウさんだけでしたので……」

言われて慌てて顔を上げれば、クランのちょうど何もない空間に現れていたランキング表の5番目の所に、私達のクラン名【PRECEDER】という文字が表示されていた。

1番目が【瞬光】、2番目が【Recorder】、3番目が【美食――……あれ？

「5番目ですか⁉」

「はい。ユウさんのおかげ――」

「――いえいえいえいえいえ‼‼　私なんか、レンジさんに比べ……うぇっ⁉　え、討伐数が……」

クランランキングが書かれた表の横にあった、個人貢献度ランキング。

その1番目に当たり前のように君臨するレンジさんの名前を見て、惚《ほう》けてしまう。

「凄いなぁ……」

レンジさんの討伐数は287。

2番目の人の討伐数が213で、50以上も差を付けているのだ。

【PRECEDER】で2番目に多いのはソラさん。

その次が十六夜さん、レイナさんと続いて――。

「――ユウさん？」

「ぅわ⁉」

「……大丈夫ですか？」

「はい‼　大丈夫です‼‼」

ランキングボードを見て惚けていた私の顔をレイナさんが覗き込んできた。

あまりにも顔が近すぎた為、イサ君に聞いたレンジさんとレイナさんが戦ったという凄く怖い話を思い出してしまう。

慌ててイサ君の方を見てみるものの、ランキングボードを食い入るように見つめて『やっぱすごいっ……』なんて呟いて私の状況には気づいてくれそうもない。

十六夜さんがいないのは……もう闘技場に行ったからかな？

元々レンジさんとルイさん、十六夜さんの３人で闘技場から応援してくれる予定だったのだけど
……十六夜さん、１人でも闘技場に行くんだ。

『ルイが自由人だから……レンジもいっしょ』って言ってた十六夜さんを思い出し――って、レイナさんがまだ覗きこんでくる⁉

「あ、え、あ……大丈夫です‼」

「……ならいいのですが」

「あー……レイナちゃん？　そんな気にする必要もないんじゃないかな？」

相変わらず、私の顔を心配そうに見つめるレイナさんに身振り手振りで元気な事を伝えていたら、楓さんが助けてくれ――。

「確かにそうなのですが……ユウさんは以前、唐突に目を回して倒れてしまった事があるので……」

「何それ気になる」

「楓さん⁉」

あれっ⁉

今度は、楓さんの瞳が私の事を捉えた。

ど、どうしよ……。

「あー。そこら辺にしようぜ？　そろそろパーティ戦も始まんだし」

「……そうですね」

「レイナちゃんレイナちゃん、もし良かったら後で教えてね！」

「ユウさんの許可が取れれば」

「おっけー！」

再びあたふたしていた私の事を助けてくれたのはソラさん。でも……実をいうと、レンジさんの次に苦手だったりする。

イサ君の親友で悪い人じゃないのは分かってるんだけど、なんというか、勢いが強すぎて少し苦手。

ソラさんの助け船があまり意味をなさなかったのか、楓さんが機会を見て問い詰めてきそうな気がするんだけれども……今は一先ず、会話が落ち着いた。

「で……対戦表、これどんな感じかな？」

「そうですね……ソラさんの初戦の相手が【桜吹雪】、私達の初戦の相手が【美食会】ですか……。出来れば初戦から当たりたくなかった【瞬光】や【Recorder】と当たっていないのは助かりますが、どちらも有名なクランですし――」

「あー……俺の初戦の相手、確か闘技場にたむろしてる奴等だろ？　んじゃ、闘技場じゃ見れない戦いで圧倒してやるよ」

【桜吹雪】という対戦相手名を見て、笑みを深めたソラさん。

実は私はイサ君から、ソラさんの戦闘スタイルを聞いている……少し怖いけど、見るのも楽しみだったり……する、と思う。

「ソラさんは勝ち進めるとして、問題は私達ですね」

「まぁそうだよね～。私達は前衛が得意なプレイヤーがいないから、真っ当なパーティと対決することになったらそれだけで不利だし」

「一応何パターンか練習しましたが……それだけでどうにか出来る程、甘い相手じゃないですよね」

レイナさんと楓さんの会話を窺うように見つめる、私とイサ君。

仮想敵と戦った時の作戦が、私達の基本的な形になるのは分かっているのだけれど……思い出すだけで、少し足が竦《すく》んでしまう。

「イサ君とユウちゃん、頑張ろうね!!」

「はい!!」

「頑張ります！」

そんな私と、同じような様子のイサ君を見てか、楓さんが背中を軽く押して励ましてくれたので、応えるような気持ちで声を出す。

「あ、やべ。転送される」

「あ……時間ですか。ここから応援していますので頑張ってください」

「ソラ、優勝してよ!!」

「あぁ。……んだとイサは優勝出来ねぇ――」

「――やっぱ準優勝で！」

「……あぁ、任せろ」

イサ君の発言に対し、緊張でも解れたのか柔らかい笑みを浮かべたソラさんが、光に包まれる。

「頑張れ～」

「頑張ってください!!」

慌てて、楓さんに続くような形で応援をしたんだけど……聞こえ――。

「まぁ……大丈夫かな？」

私に対しても親指をたててくれたソラさんを見て、なんとなくだけど案外、大丈夫なような気がしたのだ。


『ガアァァアアアァ!!!!』

「ひ、ひぇ……」

「わ～お」

「ソラ、はっちゃけてるなぁ……」

「想像以上に凄いですね……」

実をいうと、ソラさんの戦いを実際に見たことがあったのはイサ君だけなので……目の前のスクリーンに広がる光景に、私を含めたイサ君以外の３人は目を見開いていた。

スクリーン内に映る、蜘蛛とか蛇とか鬼とかを従えたソラさん。勿論、蜘蛛なんて名前じゃないけど……私の記憶違いじゃなければ、深淵の森深層に出てくる魔物な気が……増えた。

「あわわわ……」

「凄い絵面ですね……」

『ふはははっ！！！』

「ソラ楽しそうだなぁ」

「ソラ君楽しそうだね～」

――イサ君⁉

いつも楓さんに弄られて私と同じような反応をしていたイサ君が、楓さんと意見が合ったからか、楽しそうに会話を始めてしまった為、疎外感を感じる。

スクリーンに映る、数十はいる蜘蛛に、オーガ。あと、バジリスクにケルベロス？

深淵の森中層のボスとしてバジリスクというモンスターが出てくるのだけれども、あの時に見たバジリスクよりも、スクリーンに映っているバジリスクの方が大きい。

私１人じゃ、中層のボスも倒せないんだけど……。

「余裕を持って勝てそうですね……」

「……」

レイナさんも、若干呆れた？　様子でソラさんの戦闘を眺めている。

ソラさんの戦いを歓声を上げてみている楓さんにイサ君は……なんか、よく分からない。

それから数分もしない内に【桜吹雪】の方々を蹂躙したソラさんは……満面の笑みを浮かべて、クランホームに戻ってきたのだった。

「しっかり蹂躙してきました」

「ソラお疲れ～」

「ソラ君ナイスファイト～」

「ソラさん、お疲れさまでした」

「あっ、お疲れしゃまです！！！」

満面の笑みを浮かべてクランホームに戻ってきたソラさんを、笑みを浮かべて迎え入れる３人。

私は慌てちゃって噛んじゃったのだけど……それに気づいたからか目線を向けてきたソラさんを前に、固まってしまった。

「……」

「……」

「何してんの～？……蛇と蛙？」

「蛙は流石に失礼じゃね……？」

「ひゃ、ひゃい……」

無言で固まる私とソラさんに変な事を言ってくる楓さん。

でも、納得だ。目を逸らしたら殺られる気がす——ひぇ。

「……ソラ、暴れ過ぎたから怖がられてるんだと思う」

「……？　俺、まだ本気出してねぇんだが」

「ひ、ひぇぇ」

「ってか、多分レンジの持つ魔物の方がやべぇぞ？　あいつ前に意味深な事言ってたし、今闘技場で使った魔物ってレンジがあまらせた魔核を使って召喚してるんだよな」

「ぅわぁ……」

ただでさえ苦手意識が強かったレンジさんは、私の頭の中では笑いながらレッサーザラタンを吹き飛ばしているイメージだったのだけれど……その周囲にレンジさんを守るように魔物達が現れた。笑いながら敵を吹き飛ばすレンジさんに、その周囲で咆哮する魔物達。

「あわわわわ……」

「……うわっ⁉　ユウちゃん⁉」

「前回は復活するまでに10分程度かかりましたが……今回は――」

「えぃっ！」

「つきゃ⁉　え、ちょ、ま、待ってください‼　こしょっ、やめっ」

「「……」」

「そんな復活方法があるとは……」

脇腹を触られたことによって発生したムズムズが、私を否応なしに現実へと引き戻す。

いつの間にか私の後ろへと回り込んでいた楓さんから逃れる為に身を捩《よじ》らせるのだけど、楓さんは笑うばかりでなかなか離してくれない。

ちょ、レイナさん助け――。

「あー……うん。作戦はたてなくていいのか？」

「そうですね。楓さん」

「は～い。にしても、うん。良かった」

「何がですか！？？」

楓さんが笑って誤魔化すのでレイナさん達を見渡すも、答えてくれないどころか、話を逸らす為にか、作戦を話し始めてしまったので私は真面目に聞く事にする……というよりも、させられた。

「むぅぅ……」

「【美食会】との対戦ですが、相手のパーティ編制が分からない以上、初手は予定通りの動きでお願いします。私が敵全員の注意を惹けるように【収束射撃】を放ちますので、その隙をついてイサさんとユウさんは左右へお願いします。楓さんが私の近くにいる為、ユウさん、イサさんはそれぞれ1人になってしまいますが……生き残る事を最優先に、ダメージを与える事よりも気を散らせる事を意識するように、お願いします。隙さえ出来れば私が射殺します」

「はい！」

「……はい！」

「イサさん、ユウさんの協力がなくては成り立ちませんので……頼ってしまいますが、力を貸してくれると嬉しいです」

そういって、軽く頭を下げたレイナさんを見て、私もイサ君も慌てふためく。

「あ、え、力を貸すというかっ！　私達がレイナさんに助けてもらってるので!!　協力するのは当たり前ですよ!?」

「そ、そうですよ⁉　僕もレイナさんに助けてもらってばかりだし、出来る限り頑張りますけど、今回も……？……今回は頑張ります！！？」

頑張って答えた私とイサ君を見て笑みを浮かべたレイナさんに楓さん。

「では、頑張りましょう」

「おー！」

「「おー‼」」

楓さんが声を上げたのにつられて、私もイサ君も腕を上に挙げつつ、声をあげた。

試合までまだ少し時間があるけれども、事前にある準備は完璧に終わらせる事が出来た……ような気がした。

あっ。

「そうだっ！　その、回復薬です。どうぞ」

クランホーム内にある机の上に、自分が調合した出来る限りの回復薬を並べていき、アイテムの所有権を放棄する。

基本的にアイテムを他者に受け渡す時は取引に不正がでないようにトレードという機能を使うのだけれども、クランに貢献する為にやってる事だし、問題ないのだ。

「えっと、ここのとここのがＨＰ固定回復薬とＭＰ回復薬で、回復量は両方とも１０００。こっちがＨＰ割合回復薬とＭＰ割合回復薬で、回復割合は2割5分です！」

ちょっと黄色がかった緑色のＨＰ回復薬と、紫色の見た目をしたＭＰ回復薬を取り違える事はない筈だから、配る時に私が注意しなきゃいけない事は固定回復か割合回復か。第一線をいってる人達には劣るかもしれないけれど、役に立てる筈だ。

「ありがとうございます。楓さん相場とか分かりますか？」

「１個１～５万ぐらいあれば十分だと思うよ～」

「では……机の上にあるのが……１００個程ですので、５００万ぐらい渡せば良さそうですね」

「ううぇっ⁉　いえいえいえ‼　ただで問題ないです‼　お金貰っても使い道がないので！　貰ってもソロプレイ中にデスペナで消えてくだけなので‼‼」

「……ユウちゃん。死んじゃったら私のとこおいで……？　お金あげるから」

「いえいえいえいえいえいえ‼‼　貰っても使い道ないですしっ！　それに申し訳ないので‼‼」

唐突に現れたトレード画面に５００万Ｇという数字が表示されているのを見て、首を振りながら拒否ボタンを押し理由を述べる。

そうしたら楓さんに凄い不憫《ふびん》な子を見るような目線を向けられてしまって――――って。

「これ、素材は全部自分で集めた奴だから材料費なんてないんです‼　なんで誰も受け取ってくれないんですか⁉」

「……ユウちゃん、多分経営者向いてないね」

「……へ？」

「そうですね。楓さんの言う通りですが……取り敢えず。回復薬はクランとしてユウさんから買い取ります。その後、ユウさんも含めた全員に配布するといった形にしましょう」

「お、いいね。トップがしっかりしてると生産者としては助かるよ」

「あ、あのー……？」

再び現れたトレード画面の拒否ボタンを押すも、レイナさんはニコニコ笑いながら再びトレード画面を復活させてくる。

『拒否』『復活』『拒否』『復活』『拒否』『復活』……。

何度も表示されるトレード画面を、ひたすら拒否ボタンを連打することで乗り切ろうとするも……レイナさんが諦める様子はない。

「……あ、あのー？」

「はい、なんでしょうかユウさん？」

「いえ、あの、そろそろ諦めないのかなぁって……」

「……ユウちゃん、それそのまま自分にも跳ね返ってるよ？」

「……？」

「えぇ……ユウちゃん、回復薬をクランに売るんだから、お金をもらうのは当たり前のことだよ」

「売る……？」

「あれっ!?　さっきの話聞いてなかった!?」

ひたすら表示され続けるトレード画面の拒否ボタンを押しつつ、楓さんとの会話を続ける。

それにしても……売る？

私にしてみれば、調合は趣味みたいな物だから……商売にしようとは思ってないし、クランに納品する、様な気持ちでやってる事だ。

売るっていう行為は、何か違うような気もするし……。

「えっと、納品？　みたいな――」

「よーし。じゃあ、ユウちゃんには納品クエストを出そう!!　HP、MP固定回復薬とHP、MP割合回復薬を25本ずつ！　報酬はちょっとしたお小遣いだよっ!!」

「分かりました！」

えっと……まだ私のストレージ内には大量の回復薬があるから……うん、良かった。余裕で足りる！

「……ん？　あれ、トレード画面に出てるのに机の上のアイテムが消えてない……？」

「……？　机の上の回復薬は、もう私のじゃないですよ？」

「えっ!?　所有権放棄してたの！！？」

「……？　はい、そうですけど……」

所有権を放棄しないと皆にアイテムを取得してもらえないから、放棄していたのだけれど……そっか。放棄してないと思ったから皆は取らなかったんだ。

「あー……よしっ！　お小遣いをあげたから、早く承諾して～」

「承諾しまし――あれ、多いですよ!?」

「レイナちゃん、１０００万承諾してもらったから、机のも受け取って大丈夫だよ」

「ありがとうございます。取り敢えず、１０００万渡しますね」

「りょーかい」

「あ、あの……」

トレード画面には『お小遣い★10000』と表示されていたので、楓さんに言われた通りに素早く許可をしたのだけれど、実際に受け取った金額は1000万G。

1万か～何に使おっかな。なんて考えてたのに、1000万Gも貰っても使い道が全くない。

よく考えたらこのゲームでお金を使ったこと、最初に買った生産用アイテム以外でないような気もするし……それにしても――。

「あ、種明かしすると、トレードの名前、初期表示は10文字でそこからスクロールされてくんだよね～。しっかりと確認しないと騙されちゃうよ？」

「詐欺ですか⁉」

「ちょっ……」

私の発言に何故かツボった楓さんが笑いながら言葉を紡ぐ。

それを横に眺めながらレイナさんが机の上にある回復薬を回収し……配分する。

何故か、配分対象に私もいるのだけど1000万Gと同様、扱いに困る。

目線で圧力をかけてくるレイナさんに気圧され、取り敢えず配分された回復薬はストレージにしまっておいたけれども……後でクラン共用倉庫に入れておこう。

「あっ、これからもそうすればいいんだ……」

クラン共用倉庫に回復薬を置いておけば、クランの皆が回復薬不足などに困った時に役に立てる。

取り敢えず、今移し替える――。

「そろそろ始まんぞ……」

「……そうですね、ソラさんありがとうございます」

ソラさんの言葉を聞いて、慌ててスクリーンに表示されている【瞬光】対【SLAYER】を見る。

第5試合である【瞬光】対【SLAYER】だけれども、私達が【美食会】に勝ったらその勝者と戦う事に……？

「あっ……」

「ユウさん、どうかしましたか？」

「えっと、その……私のせいで2回戦目の相手を確認できなかったんじゃって……」

「……？　一応第5試合に限らず全試合を見てましたけれども……」

「えぇ⁉」

「私も、流石にじっくりとまではいかなかったけれど軽く目を通してるよ～」

「あ、僕も一応見てました！」

「……あ、ぇ……私だけ……？」

私のせいで次の対戦相手の情報を集められなかったんじゃ、って思って聞いてみたものの、全員が思っていたのとは違う反応を示した。

……こ、これならいっそ全員見れてなかった方が……いやいや、駄目だ。それよりかは私だけ見れてないといういたたまれな――。

「えいっ！」

「ふにゃっ⁉」

「『ふにゃっ⁉』って、『ふにゃっ⁉』……ユウちゃんは猫人族じゃないでしょ。……猫人族は私だけだにゃ？」

再び、脇腹を突かれて変な声が漏れる。

恨みがましく楓さんを見つめるも、楓さんはお腹を抱えて笑いながら、からかってくる。

「うぅぅ……」

「ユウさん、第5試合もまだ終わってませんから、折角ですし一緒に見ませんか？　楓さんも、やりすぎると嫌われますよ」

「……そうだね。ごめんね、ユウちゃん」

「い、いえ。大丈夫、です……多分」

「『多分』？……罰でもつけます？」

罰……？

えっと、それは……楓さんへの、って事でいいのかな？

それだったら、1つやってほしい事がある。

「語尾に『にゃ』ってつけてほしいです！」

「ちょ、ユウちゃん⁉　私思ったより恨まれてた！！？」

「あ、えっと……そういうのじゃなくて、可愛かったので……」

「……」

恨みは……確かにあるかもしれないけど……あれ、どうなんだろ？

楓さんは悪い人じゃないし、優しいから怖くもなくて……。

「あー……第5試合、もうすぐ終わるけど大丈夫か？」

「ソラ君ナイス助け船!!」

「そうですね。罰は勝ってから改めて考えればいいだけですし」

「そうそ……あれ、レイナちゃん？」

「大丈夫ですよ、楓さん。半分は冗談ですので」

「もう半分は!?」

私がスクリーンから目を逸らし、楓さんが私にとってどんな人なのか考えていたら……気づいたら第5試合も終わりに差し掛かっていたのか、ソラさんが居心地を悪そうにしながらも、声をかけてくれた。

顔を上げ、レイナさんと楓さんの会話を見つめていると……レイナさんからアイコンタクトを受ける。

楓さんには嫌われたくないけど……こちょこちょ、凄く恥ずかしかったから言っちゃえ！

「試合に勝ってから、『にゃ』って言ってもらいます!!」

「そうですね。ユウさん、その意気です」

「おぉ！！？　なんか凄い猛烈なカウンターを食らってる気がする!?」

「……イサ、止めてくれ。俺じゃ止められる気がしないし、このノリのまま試合が始まりそうだわ……」

「僕じゃ無理だと思うんだけど……」

「いける」

まるで確信があるかのように、『いける』とイサ君に言い放ったソラさんへと、全員の視線が集まる。

間が悪く静まった空間だったが故に、全員の視線が集まる事になったのだけど……。

「ソラさん、大丈夫ですよ。流石に試合は真面目に行います」

「そうだよソラ君。こう見えて切り替え得意なんだよ？」

「は、はい……こわっ」

一瞬で真面目な顔、というよりも真顔になった2人を前に、ソラさんが思わずといった風に『こわっ』と声を漏らした。

……初めて心の底から共感出来た気がする。

視界がクランホームの一室から、闘技場へと切り替わる。

闘技場の観戦席にいる人達の口が動いている事から会話をしている事は分かるのだけれども、結界が作用しているのか闘技場内に感じる熱気に対して、打って変わった静寂な世界が広がっていた。

私の唾を飲む音が闘技場全体に広がったような、そんな事を錯覚している時に――対面にいた男性が声を出す。

「……分かってるなお前達？」

「「「「おぉ!!」」」」

「俺達は負けるわけにはいかない。人数差があっても容赦をしてはならない。相手が遠距離の方々、女子しかいなくても容赦をしてはならない」

「「「「おぉ!!」」」」

「全ては希少調味料の為にッッ!!!!」

「「「「うおぉぉぉ!!!!」」」」

「わーお……なんか暑苦しいの来たね。イサ君、訂正のついでに私達も何か宣言しようよ」

「え、僕ですか!?　レイナさんじゃなくて!?」

一番前にいた男性の掛け声に続くように、後ろにいた5人の男性が雄叫びを上げる。

その内容で少し気になる所があったのだけれども、それは楓さんも同じだったのか、イサ君に返答を促した。

それにしても……希少調味料？

確かイベントで得たポイントで交換できるアイテムの中にそんなものがあったような気がするけど……私が【調合】スキルを使って遊んでいた時に作ったとかそんな理由で、覚えていない。

「イサさん、お願いします」

「えっ、……じゃ、じゃあ。……弓使いの強さを証明してみせましょう⁉」

「あ、そっち？」

「……訂正は？」

『パーティ戦第6試合、はじめぇぇぇえええ‼‼』


「【収束射撃】」

「【火竜腕】【炎竜腕】【豪剣王の誓い】」

「【水竜腕】【氷竜腕】【細剣王の誓い】」

「【土竜腕】【鉱竜腕】【大剣王の誓い】」

「【風竜腕】【雷竜腕】【双剣王の誓い】」

「【光竜腕】【聖竜腕】【剣闘王の誓い】」

「【闇竜腕】【影竜腕】【杖剣王の誓い】」


規定通り、私達が闘技場に転送されてから10秒して戦闘の開始が宣誓された。

少し反応が遅れた私やイサ君、楓さんに対し、即行で【収束射撃】を放ったレイナさんにそれを躱し、それぞれでスキルを使い始めた男性達。

レイナさんの【収束射撃】は見た目がレーザーと等しくなるので、何人かが目を見開いていた。

1人、気になる誓いをしている人はいたけれども……、

「【収束射撃】」

レイナさんの二度目の【収束射撃】を見てようやく、私の本来の役目を思い出したから……闘技場の壁を沿うように左側へと走り始めた。

反対側を走るイサ君を眺めつつ、一番近くにいた腕に雷を纏った男性へと矢を放つ。

「2、2、2！　各個撃破！！！」

「「「「了解!!」」」」

「うわっ、2人も来た⁉」

私の下へと駆け出した、腕に風と雷を纏った男性と、腕に闇と影を纏った男性。

レイナさんの作戦通り、敵の戦力を分散させれたのはいいのだけど……仮想敵とは違った威圧感があり、つい腰が引けてしまった。

片方は私が気になった人、杖を持った男性なのだけど……その男性が唐突に杖を横に向けた瞬間に――

「ぅぐっ⁉」

杖が爆《は》ぜ、剥き出しの剣を持った男性が横へと吹き飛ばされた。

「……ニルス！　絶対矢に触れるなよ⁉」

「あぁ!!　分かってる!!」

腕に闇と影を纏った男性が吹き飛ばされた事で、思わず足を止めたもう1人の男性に、ギリギリ当たらないような矢を放ち……レイナさんと楓さんの方を盗み見ると……、ニルスと呼ばれた水と氷を纏った男性と、火と炎を纏った男性が足を止め、レイナさんを警戒していた。

「凄いなぁ……」

その後、男性達がレイナさんに斬りかかろうとするも、短剣を両手に構え、なんとか男性2人からレイナさんを守っている楓さん。

勿論、楓さんは戦闘職じゃないから普通だったらそんな事を出来るわけもなく……、

「ぐっ……」

楓さんの後ろから放たれる矢が、男性2人の行動を制限し続けていた。

レイナさんの攻撃の影響はそれだけに限らず……。

「チッ、矢には触れんじゃねぇぞ!?」

「……あぁ!」

私の対面にいる2人は、私の矢に触れないように、警戒するような動きで私から一定距離を取り
……イサ君の対面にいる2人も、同じような行動を取り始めていた。

一定距離を保っていては、剣士が弓士に勝つ事は出来ない。

そんな当たり前の事は分かっているものの、私が矢をばら撒く事を警戒していた男性達。

しっかりと、レイナさんの作戦通りにいっている事を認識しながら……私は、男性を倒すべくちょっとした賭けに出る。

「【テンスアロー】!!」

「クソッ、【ショートワープ】」

「【収束射撃】」

「やったっ！」

私の広範囲に広げた【テンスアロー】を、男性が躱してレイナさんに射られるか。もしくは男性が躱さず、私とイサ君の攻撃にレイナさん程の衝撃が乗っていない事がバレるか。

私とイサ君に相手を簡単に倒す手立てがない以上、基本的に止めはレイナさんにお願いする事になっていた。

まずは私から、その次にイサ君。

順番に、相手の躱す手段をなくしてから……レイナさんが射殺す。

腕に風と雷を纏っていた男性が、レーザーに消し飛ばされたのを見てから……次の番である、イサ君を見る。

「……あれ？」

イサ君を警戒した様子もなく追いかける男性2人に、矢が普通に当たる様に射ながら逃げるイサ君。

それらの矢も、男性達に簡単に切り払われ……。

「えっ、あ、……助けないと!!」

「いかせると思うか？」

慌てた私の前に突如現れた男性が、私の事を斬り捨てようとしたタイミングで――。

――視界が光に包まれる。

「……は？」

闘技場の壁に空いた大穴。

レイナさんの対面にいた筈の男性2人の姿はなく、それに留まらずイサ君を追いかけていた男性も、1人と、もう1人の片手が消し飛ばされていた。

あっ、よく分からないけど、折角レイナさんが作ってくれた隙なんだからっ！

「【ハンドレッズアロー】【インパクト】【ブラスト】！！！」

私の能力値はMPとINT特化だから、一つ一つの矢に込められた威力は弱い。

だけれども、INT依存で威力が上がる【インパクト】に【ブラスト】が乗った矢が100もあれば……1人ぐらいなら倒せるはず!!

「【ショートワープ】ッ!!」

「あっ……」

——のだけれども、あっさり躱されてしまった事で私の射た矢は虚空を貫き、誰もいない所へと飛んでいく。

「……ッ、もう1回！【テンスアロー】【インパクト】【ブラスト】!!」

「あぶねぇな」

もう一度放った矢は、男性にあっさりと切り落とされる。

先程レイナさんが放った攻撃、【収束極射】はレイナさんのHP最大値を1に減らしてしまい、それのせいでHP最大値を消費して放っていた【収束射撃】も放てなくなる。

だからこそ、私は自分の力で目の前にいる男性を倒さなきゃいけないんだけど……。

「ユウちゃん、一緒にやるよ!!」

「あ、楓さん！」

短剣を両手に持った楓さんが私の所に来て、心強い事を言ってくれた。

あっさりと矢を切り捨てられてしまい打つ手がなかったのだけれども、楓さんがいれば……。

「……戦いづれぇなおい。まぁ、調味料のためだ！　死んでくれ!!」

「【テンスアロー】【チェイサー】」

「ユウちゃんナイス援護！　【エンチャント】【マジックボム】」

「ッ!?　【ショートワープ】!!」

楓さんへと斬りかかった男性へと、楓さんの周囲を覆うように飛ばした矢に、何故か楓さんが斬りかかる。

が、楓さんの短剣によって斬られた筈の矢は斬れるどころか加速して、地面にぶつかり爆破した。

「あれ、躱されちゃったか」

「か、楓さん!?」

「あ、ユウちゃん、今の感じのお願いね！」

「え、あ、はい!!……じゃなくて！！！　なんですかその短剣!?」

「あー、これ？　実を言うとね……これ生産道具なんだよ!!」

『ババーン』といった効果音が鳴りそうな程胸を張った楓さんが、よく分からない事を言った。

生産道具……？　私も幾つか自作の生産道具を持ってるけれども、到底本物の剣と斬り結ぶ事が出来るような性能はしていない。

爆破を躱した男性も、顔を顰めてなんとも言えない表情をしていた。

「……出来ればお得意様な楓さんには大人しくしててほしかったんだが……仕方ない。本気で行くか」

「これでも私は【PRECEDER】の人間だからね～。たとえ【美食会】と沢山取引してても、勝たせてもらうよ!!」

「【マルチキャスト】【シャドウランス】【ダークボム】」

「ほいっとな」

「えっ、魔法!?」

男性が放った幾つもの魔法の槍と、楓さんがストレージから取り出して投げた円盤がぶつかり……爆ぜる。

「そうだよ～。ユウちゃん、相手が使ってる【闇竜腕】【影竜腕】って主な効果はＭＰ吸収とか、ＭＰ消費削減とか、魔法メインな人向けだからね！　きっと杖剣すらもフェイクだよ!!」

「悪いが、杖剣〝も〟メインだ【シャドウテイル】」

「ちぇっ。ハズレたか！　っと【エンチャント】【オーバーヒート】」

「チッ……」

当たり前のように自身の影から現れた鞭を躱し、男性と斬り結び始めた楓さん。

楓さんが【オーバーヒート】をエンチャントした瞬間に男性は杖剣を投げ捨て、新たな杖剣をストレージから取り出した。

直後、小さな爆発を起こして杖剣が壊れた。

「えぇ……」

「ユウちゃん！　援護援護!!」

「あっ、すみません！【テンスアロー】【チェイサー】！」

男性と斬り結んでいる楓さんの周囲に向けて【テンスアロー】を放ってから自家製のMP回復薬を飲み、

「【ショートワープ】」

「やっぱりっ！【ハンドレッズアロー】【インパクト】【ブラスト】」

「【シャドウカーテン】！！！」

私の下へと来た男性へと、攻撃を加える。

「ユウちゃんナイス！　んじゃ、ほいっと」

影で出来た幕に覆われた男性を中心に起こっていた爆発へと、楓さんがアイテムを投げ込む。

「クソッ！……【マルチキャスト】【シャドウカーテン】【シャドウランス】!!」

「おっ、まだ引きこもるんだ。んじゃ、もう1回！」

先程投げ込んだ時と同様に、影で出来た幕が強制解除される……かと思いきや、幕から飛び出てきた槍によって、アイテムが撃ち落とされた。

「あ、ユウちゃん。もうすぐ相手の〝ショートワープ〟のクールタイム切れるから、警戒してね！

ついでにもう一発！」

先程と違い、槍によって迎撃されたアイテムは撃ち落とされるのではなく、弾け飛びながら幕へと落ちていく。

「あ、あの――」

「――危ないなぁ……全く、不意打ちは良くないと思うんだよね～」

「チッ……不意打ちも何もないだろうが。そんな厄介な武器を持ちやがって」

楓さんの投げたアイテムがなんなのか聞こうとしたタイミングで、楓さんが突如左手の短剣を投げ捨て、私の頭を抱え込む。

直後、背後から聞こえた金属音に、頭上で行われる会話。

状況が分からず慌てようにも、楓さんの声色が少し固くなっているのを感じちゃったから、動くに動けなかった。

「まぁ確かにそうかな？　ユウちゃん、攻撃攻撃！」

「えっ、あ、はい!!　【ハンドレッズアロー】【インパクト】【ブラスト】」

「……【マルチキャスト】【シャドウウェーブ】【ダークウェーブ】」

楓さんに促され、頭を空っぽにしたまま出来る限りの全力攻撃をしたのだけど、男性は今度は半分程を魔法で迎撃、もう半分を杖剣で迎撃しようと――、

「チェックメイト」

「くそ、動け――」

――した所で男性の動きが止まり、爆発に包まれた。

影の幕を消し去ったアイテムを左手でふらつかせ、もう片方の短剣を持った手にもよく分からないアイテムを持った楓さんが、にっこりと笑いながら言葉を発する。

「ユウちゃん、ナイスキル！」

「え、あ……はい!!」

程なくして、レイナさんのよく分からない技術によって上空高くまで打ち上げられた男性が死亡したことで……私達の勝利が、確定した。


結局、私達のレイナさん頼りの作戦がバレてしまった事で、2回戦目で【瞬光】の人達にレイナさんを狙い撃ちされた私達は、なすすべもなく敗北した。

私達も一応はバレている事を想定して、1回戦のように左右に広がるのではなく全員で固まって動いたのだけど……レイナさんの矢は避けられ、それ以外の矢は斬り払われ。そういった行動を正確に行われてと……じわじわと追い詰められたのだ。

因みにソラさんは2回戦目で【迷宮に潜り隊】に辛勝した後、3回戦目――準決勝で【瞬光】のナオさんという、レンジさんの友達に敗北してしまった。

要するに、私達【PRECEDER】は【瞬光】に完全敗北したような形になってしまったのだけれども……。

「――で、どうだい？」

「……レンジさんが負ける事はないと思いますよ。昨日はお姉さんと共にやる気を出していましたので」

「お姉さん？……あぁ、ルイさんの事か。あの人は……個性的だよね」

「……ん。ルイは個性的」

「ルイは面白いよね～。で、なんでここにいるの、ルトさん？」

「……前まで呼び捨てだった人にさん付けされると結構心に来るものがあるね……」

「敵クランだしね！　そんな余裕ぶっこいてたらソロ戦で十六夜にボコされるよ？」

「ん、ボコす」

「あわわわわ……」

【瞬光】のクランマスターであるルトさんが、私の右隣に座っている。

理由は敵情視察のような物らしいんだけど、そのままペア戦の第1回戦である【PRECEDER】対【瞬光】の戦いを見ていくつもり、らしい……。

私の隣じゃなかったらまだ良かったのだけど……元々、右隅に座っていた私の横にルトさんが座った事で左隣にレイナさん、後ろに十六夜さんと楓さんがいて……凄く肩身が狭い。

イサ君とソラさんは元々左の隅に座っていたからか、会話に参加する様子はない。

「……ユウちゃんだったかな？　大丈夫かい？」

「え、あ、ひゃい!!　だ、だいじょうぶです!!」

「思いっきり舌噛んだけど……」

「ルトさん、同盟員を苛めるようでしたらお帰りいただけると……」

「そうだね～。ルトさん、メニュー開いた時に特設されてる所を数回タップしてみて？」

「……厳しいなぁ。ユウちゃん、ごめんね？」

「あ、いえ……大丈夫、です」

私が舌を噛んだ事で一方的に責められ始めたルトさん。

実を言うと帰ってほしくはあるのだけど、私のせいで責められ、苦笑いを浮かべているルトさんを見ると申し訳なくなってしまう……でも、やっぱり、い、居心地悪い……。

「って、特設ページって闘技場の観戦サバの事だし、数回タップしたらランダムに……」

数拍遅れて、ルトさんが今気づいたといった風な様子で『ギギギギ』と首を動かし……意味深な笑みを浮かべる楓さんと視線が合う。

「ルトさん、押さないんですか？」

「レイナさんも!?」

「……まぁ、そろそろ試合も始まりますし、やめますか。ルトさんは本当に帰らなくて良いのですか？」

「……まぁ、ね。この試合中、試合後に荒れると思うから」

「……へぇ～？　ルトもレンジ君達が勝つと思ってるんだ？」

「……ノーコメントでお願いするよ」

曖昧な笑みを浮かべて、はぐらかしたルトさんを見て、なんとなくクランマスターも色々あるのかな？　って思ったりしながら、開始を待つ。

『それではぁぁぁああ、ペア戦、第1試合、始めぇぇぇえええ！！！』


開始の合図と共に、【瞬光】の男性の腕と剣が雷と風に包まれ、女性の腕と剣が氷と炎で包まれた。

レンジさんとルイさんはというと……、

「あれ……？」

「あれが遺物、か」

突如現れた十字架型の浮遊物が、【瞬光】の人達が持った剣を全て叩き落とす。

闘技場内で発生した音は基本的に、音量上限がある以外補助などはない様なので、レンジさん達が何を話しているのかは分からないのだけど……張り詰めた様子の【瞬光】の2人に比べ、気が抜けた様子のレンジさんとルイさんが目に留まる。

「……お二方共に余裕がありそうですね」

「レイナさんは能力について聞いてたりしないの？」

「聞いていませんし……聞いていたとしても伝える気はありませんよ」

「そう？……ミアの方、流石に酷いな」

「ミア？……あぁ、女性の方ですか」

十字架に吹き飛ばされた女性を見て言葉を漏らしたルトさん。

確かに、最低限の動きだけで躱した男性のような動きは流石に出来ないだろうけど、あれなら私でも躱せるような気がする。

「あ、一応フォローするけど、ミアの役目はわざと攻撃を受ける事。受けても問題ないかを確認してるんだよ」

「へぇ、そうなんで――」

「――2人とも魔法職だもんね～」

「えっ、魔法職なんですか⁉」

「そうだよユウちゃん。私、あいつらに魔法職用装備を何回か作ってたからね～」

「……楓には色々情報をすっぱ抜かれてるね……」

「ハインズの職業が聖王だからさ、【リザレクション】っていう蘇生スキルを使えるし、それを活用した戦法なんじゃないかな」

「……本当にすっぱ抜かれてるね……」

レンジさんとルイさんが炎に包まれたのを眺めながら、楽しげに会話をするレイナさんにルトさん、楓さん。

炎の隙間から、レンジさんとルイさんの周囲を覆うように現れている盾が見えたタイミングで――

『⁉』

ミアさんの体に穴が空いた。

ミアさんの体を貫いた矢は貫くだけに留まらず、闘技場の壁にも穴を……って。

「矢って体を貫けるんですか⁉」

「……あの装備私が作ったんだけど……。下手なフルプレートより防御力高いんだけど……」

「矢、本数が凄い事になってるね……」

「レンジさん……連射特化とかそういった次元じゃないのですが……」

「ん、躱さなきゃ……」

その後、楓さんの言葉を証明するかのようにハインズさんがミアさんを復活させていたけれども、誰もそれを気に留めない。

レンジさんとルイさんの周囲を覆っていた盾が十字架の形に戻った事も、レンジさんとルイさんが驚きを表情に浮かべていた事も、誰も気にしない。

「ひぇぇ……」

ミアさんが闘技場の穴を見て驚きの声を上げているのが微かに聞こえ、その後に周囲に浮かんでいる十字架の数が4個から8個に増えた。

「……壁の穴、直る気配がないね」

「そう、ですね……」

「凄いね〜。あ、一応ユウちゃんにも説明するけど、闘技場の壁ってどんな攻撃を受けてもすぐに直っていくんだよ〜。だから、全く壁が直る気配がないって事は――」

「あの攻撃が強すぎる……？」

「そゆこと。多分、現状の最高火力って言ってもいいんじゃないかな？……まぁ、レンジ君の全力の範囲攻撃も似たような物な気がするけど」

100本の火の矢を、あっさり変形させた十字架で撥ね返したルイさんがレンジさんの前に立ち……少し会話をした後に、ミアさんとハインズさんへ向けて走り出す。

その際、レンジさんは一歩後ろに下がり……、

「「……ん？」」

「え……」

「レンジさん……？」

弓を下ろし、構えを解いた状態で棒立ち状態になる。

私の知ってるスキルの中に、【チャージ】っていう動く事が出来なくなる物があるのだけれども……多分、それを使ったんだと、思う。

「レンジさんなら何か策はあるんだと思いますけど……」

「……流石にこのタイミングで【チャージ】を使うのは悪手としか思えないな」

「ルイも困惑しちゃってるよ……」

動きを止めたレンジさんを見て困惑を表情に浮かべた後、慌ててミアさんとハインズさんに攻撃を加え始めるルイさん。

ルイさんの居場所がレンジさんよりも、ミアさんとハインズさんに近かったから防御ではなく攻撃、といった手段を選んだのだろうけれども……。

「まぁそりゃ、攻撃をす……ブレたね」

「ブレましたね。確か無属性精霊がそういった事を出来た気がします」

「そうだね……確か無から幻へと属性が変わるから、ある程度そういった事も出来た筈だけど……違う、それじゃあ当たらない」

即行でミアさんが割り出したレンジさんの居場所へと、ハインズさんが土の槍で攻撃を加える……が、土の槍をレンジさんが避けた。

それを見て少し惚けたミアさんとハインズさんに、ルイさんが的確に攻撃を加える。

ルトさんが土の槍が当たらない事を予期できたのは……なんでだろう？

近くにいるルイさんを無視してレンジさんへの攻撃を加え続けるミアさんとハインズさんに、一向に攻撃が当たる気配のないレンジさん。

「……想像以上に遺物が強いな」

「遺物……私も取ってみましょうか」

「ん？　レイナさんも遺物の在り処を知ってるのかい？」

「えぇ。恐らくは、といった程度ですが推測は立っています」

「へぇ……少なくとも第7の街までにはなかったと思うんだけどね……」

レンジさんへと放たれる範囲魔法攻撃を気軽に眺めながら、私の左右で楽し気に会話をするレイナさんにルトさん。

その後、ルトさんの発言に対して、無言の笑みを浮かべているレイナさんにルトさんが乾いた笑いを浮かべていた……のが少し怖くて、私は更に縮こまって試合を見続けていた。

瞬間、闘技場内に変化が現れる。

「と、砦!?」

「……凄いですね」

「おぉ〜、かっこいい砦じゃん！　周囲にある鏡は……別のスキルかな？　そこん所どうなの、ルト」

「僕も知らないからなんともいえないが……まぁ、別スキルだろう」

闘技場内に唐突に出来上がった砦に、思わず声を上げてしまう。

私だけに限らず、周囲の皆も驚いたような反応を……あれ、十六夜さんは？

「……？」

「あ〜、ユウちゃん。多分脳内シミュレーションしてるだけだから気にしないで良いと思うよ？」

「は、はい……」

目を閉じ、少しだけ怪しげに体を揺らしている十六夜さんは、忠告通りに気にしない事にして……再び砦の方を見る。

レンジさんの前に現れていた空間の歪みから放たれ続けた矢によって、多少は削られた砦だけれども……砦の上に立っているミアさんとハインズさんには一切の攻撃が届いていない様子だった。

「上手く【チャージ】を潰したね」

「そうですね……あの鏡を見てしまったら否応なしに反射される事を意識してしまいますし……レンジさんがスキルを放たないという事は私達には聞こえていないだけで、実際にそういった効果だと分かっていそうですね」

「ルイとレンジ君、頭悪い会話してそうなんだけど……」

砦を前にして動くに動けないレンジさんとルイさんを前に、ミアさんが巨大な魔法陣を出現させる。

「おっ……？」

「3つ重ねてますね、確か現状で一番威力が高くなるのは……【インフェルノ】と【テンペスト】、【アポカリプス】でしたか」

「そうだね～。火力特化のミアなら全部放てるだろうし、私もそうだと思うよ！」

「ルイさん、迎え撃つのか……」

その魔法陣を前に、ルイさんが全ての十字架を盾の形に変え、周囲を覆っていく。

盾でレンジさんとルイさんが隠れる寸前に、矢を番えたレンジさんの姿が見えたような気がするけど……。

それからすぐに、空中に出現した大量の矢が私の見間違いではなかった事を証明した。

数千はいきそうな矢の群れが、魔法陣や砦に当たって大きな爆発を引き起こしていく。

その内の数百程度は鏡に反射されていたような気もするけれども、その後すぐに来る矢が反射されたものを飲みこんでいたので分からない。

全ての矢が爆発を終わらせたぐらいにとうとう、形を保てなくなった魔法陣が――。

『――』

「きゃぁっ!?」

「わ〜ぉ」

「……凄いですね」

「ここまで大きな暴発は初めて見たよ……」

「……ん、……？」

結界に制限されて聞こえなくなる程の音、辺り一面を照らして何も見えなくなる程の光を発しながら大爆発を起こした。

結界によって音が制限されたから問題なかったとはいえ、結界内にいたレンジさんとルイさん達には途方もない程大きな音……っていうか。

「生きてるんですか!?」

「……試合終了になってないって事は両方生きてるんだろうね」

「あの砦、想像以上に耐久性に優れていますね」

「……ん、よく分からないけど……私は耐えられなさそう」

「十六夜、もしかしなくても見てなかったでしょ……」

つい、十六夜さんと楓さんの会話が気になって後ろを盗み見ると、楓さんに見つめられて少しだけ目を逸らしている十六夜さんが視界に入った。

慌てて盗み見た事がバレる前に顔を前に向け、ようやく光が収まった闘技場を見ると……半壊状態の砦に、無傷なレンジさんとルイさんが視界に入る。

レンジさんとルイさんは、ミアさんを蘇生しようとしているハインズさんを無視して会話しているのだけれども……。

「レンジさんとルイさんは何をしているのでしょうか……」

「なんでトドメを刺さないで談笑しているんだろうね……」

復活したミアさんを見て、ようやく攻撃を放ち忘れた事に気付いた様子のレンジさんが、空間の歪みをミアさんとハインズさんの周囲に作り出す。

それらから射出される矢の群れを、ミアさんもハインズさんも躱さなかった事で、最後は呆気なく戦闘が終了した。

「……」

「ミアとハインズは……間違いなく怒られそうだね。まぁ、僕としては諦めたのは仕方ないとは思うけれど」

「助けに行かなくてよろしいのですか？」

「あれ……もしかしてまだ試合前のノリが続いてるのかい？」

「いえ、純粋な意見です」

「……まぁ、大丈夫じゃないかな。あの2人なら『実際に戦ってみろ』とでも言ってそうだから」

「レンジさんに迷惑をかけるのはやめてほしいのですが……」

「……まぁ、強く言い含めておくよ……」

その後、準決勝で【道化師団】というクランを相手に順当に勝ち進んだレンジさんとルイさんは、決勝へと進出していた。

因みに、【道化師団】のペアはなんていうか……特徴的？　で、双子の女の子が剣を投げ続けて戦っていて、雰囲気が少し怖かったのだけれども……。

何よりも怖かったのは、レンジさんが女の子を射殺した時に放った矢の音だった。

『ギャリリリリ』と言ったような掘削音を鳴らしながら、10本近くの剣全てを一度の攻撃で削り折り、剣ごと女の子を貫いたレンジさんの攻撃。

それを見たもう1人の女の子は思わず動きを止めて首を傾げ、その後に放たれた攻撃をそのまま受け入れており、それを見ていたルトさんやレイナさんも、まぁ仕方ないよねといったような態度で女の子達の健闘を称え、レンジさんの攻撃の異様さを再認識していた。

――で、今から始まる決勝戦。

決勝戦の相手は【桜吹雪】というクランの零夜さんという人と遥さんという人らしい。

レイナさん曰く、レンジさんと因縁がある相手らしいのだけれども……確かに、試合前だというのになんとなく張り詰めた雰囲気が漂っていた。

「……ん？　あの武器……」

「どうかしましたか？」

「んー……まぁどうせレンジ君が知ってるだろうし、言っても良いか。零夜君が持ってる刀、多分だけど妖刀とかそういった類の物だよ」

「……私の知る限りではこのゲームにそういった物はなかった気がするのですが」

「まぁ、前文明の頃に研究されてたけど実現はしなかった、とかそういった設定の物だけれどね」

「そうなのですか……」

「……心当たりが何箇所かあるから、イベントが終わったら探してみるか」

レンジさんと何か言葉を交わした零夜さんの腰に携えられている赤黒い刀を見て、レイナさんとルトさんが会話をする。

相変わらず間に私を挟みながら話すので、なんとなく居心地が悪いのだけれど……何か既視感がある赤黒い刀を見て、私もルトさんと同様に少し考え込む。

……何時だろう？　確か、崖に珍しい素材を求めて採取しに行った時、かな？

崖の入り組んだ所、そこにあった変な魔法陣が赤黒い見た目をしてたような気がする。

「あ、あの……」

「ん？」

「崖……で、あんな色をした魔法陣を見ました!!」

「……崖、というと第2、第3の街の間にある？」

「はい！」

「そうか……。ユウちゃん、ありがとう。イベントが終わり次第早速探してみるよ。僕個人で行くつもりだけれども……【PRECEDER】と共同の方が良いかな？」

「あ、え……」

「いえ、お好きなようにお願いします」

私の言葉を聞いて、崖に行く事を決意したルトさん。

詳しい場所は全く話していないのに聞いてこないって事は……やっぱり予測してた場所の中に含まれていたのかな？

【PRECEDER】の私達に、一緒に行ってみないかといったような打診をしてくるルトさんだけれども、私が返答に詰まっている間に、レイナさんが代わりに答えてくれた。

「じゃあ、レンジ君でも――」

「……」

「――まぁ、冗談は置いておこうか。ユウちゃんは来るかい？」

「えぇ……大丈夫です！」

「ん～、ユウちゃん、私少し気になるからいつか連れてってくれる？」

「分かりました！」

「あ、では私も良いですか？」

「はい!!」

「あれ……もしかしなくても僕はぶかれてる？」

「他クランのマスターですし……」

「【PRECEDER】じゃないしね～」

あまり興味がなさげの十六夜さん以外の全員が笑みを浮かべて行われている、楽しげな会話。
私だけ引きつった笑みになっているような気もするけれども、そんな約束を取り付けた頃合いに
……戦闘が始まった。

『それではぁぁぁぁああ、ペア、決勝戦。始めぇぇぇええぇ！！！』


いきなり放たれた、レンジさんの異常な攻撃を零夜さんがあっさりと躱し……赤黒い刀で自身の
体を斬りつける。

「えぇっ!?」

「またなんとも……妖刀らしいね」

「脈動していますが……今までの試合で妖刀を使わなかったのはそれなりのデメリットがあるから、
でしょうか」

「ロマン武器だぁ……私は防具専門だけど……少し作ってみようかな」

「ん……楓の試作品、頂戴？」

「りょうか～い」

レンジさんにしてみれば、零夜さんが躱す事は分かりきっていたのか……零夜さん達の目の前に
現れた、空間の歪みから射出される矢の群れ。

それらを空間の歪みごと斬り払った零夜さんが……レンジさんの放った矢と、真っ向から斬り合う。

ここまで響いてくる掘削音が、レンジさんの攻撃が今までの戦いと同様の破壊力を有している事を示しているのだけれども……零夜さんの刀は折れる素振りもなく、真っ向から斬り合えていた。

「ん？　妖刀の異常な耐久……というよりも再生能力は……ＨＰ、か？　レンジ君のあの攻撃は普通の手段じゃ受け止められないと思う――」

「――ＨＰではないと思いますよ。あの攻撃はどんなＨＰがあろうとも受け止められるとは思えませんので」

「あぁ、確かにそうだね。じゃあ……なんだろう？」

「可能性としては……ＨＰ最大値、でしょうか」

ニッコリと、確信を持っているかの様な笑みを浮かべながらも、レイナさんに問いかけるルトさん。

それに真っ向から笑みを返し、答えてみせたレイナさん……怖い。

「あぁ、確かに有り得るね。ＨＰ最大値ならばＨＰを消費するよりかは圧倒的に優れていそうだ。……となると妖刀という物は後衛職とか、体力が求められづらい職業向けの装備になりそうだね」

「えぇ、そうですね。体力が求められる前衛の方々の事を考えると……ＭＰ最大値を消費するものもありそうですね」

「まぁ、そうなるね」

笑みを浮かべて、私の頭の上でお互いの顔を見ながら会話をするレイナさんにルトさん。

これ以上ないほどの動揺を表に出さないように、強く手を握りしめながら意図的にレンジさんと零夜さんの戦闘を見つめていると……状況が動いた。

「あれ……壁？」

「「……」」

「……そうですね。あの壁は……確か障壁魔法？」

「そうだね、一瞬【桜吹雪】の2人に膜ができてたから……障壁魔法で間違いないと思うよ。こんなにあからさまな壁は初めてみたけれど……」

レンジさんと零夜さん、ルイさんと遥さんを分けるように生み出された障壁が、レンジさんとルイさんを分断する。

ルイさんは壁を破れないと判断したのか、遥さんを相手取る事にしたようだし、レンジさんはそもそも壁を壊す気がないようで……そのまま零夜さんへと挑みかかろうとしていた。

「ん？　レンジ君、壁を破壊しないのか……」

「そうですね……。零夜さんに因縁があるらしいので、それが理由かと」

「……因縁？」

「はい。討伐戦の際にお姉さんを倒された、倒すどころか負けてしまった、との事です」

「へぇ……？　レンジ君に勝つのか。それにしても、レンジ君は思ったよりお姉さん思いなんだね」

「そうですね。まぁ、本人に言っても否定するのは間違いないでしょうが……」

戦闘を始めることなく、何かを話している様子のレンジさんに零夜さん。

それ故にレイナさんとルトさんは楽しげに雑談しているのだけれども、一応はルイさんと遥さんの間で、戦闘が行われている。

……ルイさんの攻撃が全て壁に阻まれ、あまり芳しくない様子だけれども。

ルイさんと遥さんの膠着状態とは打って変わってもう一方は……零夜さんが語りかけ、レンジさんが答えた数瞬の後、お互いに唐突に動き出した。

「……？　ぅわ!?」

「へぇ……？」

「強引ですね……」

レンジさんが放った4本の矢を、体を前に倒す事で躱した零夜さんは、その姿勢のままレンジさんの下へと肉薄する。

勿論、レンジさんがそれを許すわけもなく、200本の矢を放ったり、空間の歪みを作り出したりとしていたのだけれど……200本の矢を一振りで薙ぎ払い、空間の歪みをあっさりとぶっ壊した零夜さんの肉薄は止まらない。

最後に放たれた、レンジさんのあの異様な攻撃によって初期位置ぐらいまで後退させられていたけれども、もしあれを零夜さんが躱していたら、レンジさんはもう斬られていただろう、と思うぐらいには迫力があった。

「……ん？　更に斬りつけてるけど……どうなるか」

「ひ、光り輝いてる……」

「……赤い刃？……あっさり防ぎましたね」

零夜さんが自身の体を斬りつけた後、刀を軽く振るうごとに放たれる赤い刃。

それらは全てレンジさんが動くまでもなく、唐突に現れた魔法によって迎撃されていた。

確か、レンジさんが使役している、精霊。

私は見る事が出来ないのだけれども、十六夜さん曰く可愛い女の子の見た目をしているらしい彼女達が、レンジさんを守ったのだろう。

その後に零夜さんから放たれた溜め動作の大きな攻撃は、流石にレンジさんが矢を放つ事で対処していたのだけれども……精霊って結構強いと思う。

私に限らず、レイナさん達も同じことを思ったのか、言葉を発する。

「自身が動かなくても迎撃が出来るのは良いですね」

「一応僕も精霊と契約をしてるけどあんなに万能ではなかった気が……」

「ん。精霊たち、強い」

「精霊良いよね〜。私も自分用の装備を作る時は精霊を召喚してるよ。竜や獣には劣るけど、確実に強化されるからね！」

「……初耳なんですが」

「楓、それ僕も初耳」

「……あれ、言ってなかったっけ？　まぁ、加護がついたアイテムは本人専用になるから言いそびれちゃったのかな？」

「……ダンシンに問い詰めてみるか」

真顔で呟くルトさん、レイナさんを他所に飄々としている楓さん。

わ、私の弓には中級水竜の加護が付いてるけど……言わなくて良いよね？

「……っあ!?」

アイテム、装備に付与される加護の話をしている内に、目まぐるしく状況が変わっていたのだけれども……正直、全く理解できない。

レンジさんの下から放たれる沢山の矢に魔法、そして、それら全てを切り落としながらも、徐々に追い詰められていくように見える零夜さん。

固唾を呑んで見守っていると、とうとう攻撃をしのぎ切れなかったからか零夜さんが膝をつき……レンジさんへ向けて何かを言う。

それに答えたレンジさんが零夜さんのトドメを刺すべく矢を射り……期せずして同タイミングに終わった様子のルイさんと遥さんの戦いも、多少の会話の後終了した。

それによって……【PRECEDER】のペア戦代表者であるレンジさん、ルイさんの優勝が決定したのだった。


「……あっという間に決勝ですね」

「そうですね……」

クランの代表者達によって行われたソロ戦は、全員が卓越した技術を持っているのは容易に想像出来たのだけれども、それ以上は理解できない内にあっという間に終わっていき、気が付いたら決勝戦になっていた。

ペア戦が終わった時、十六夜さんとルトさんが仲良く話しながら宣言していた通り、決勝の組み合わせは【PRECEDER】の代表である双剣王の十六夜さん対【瞬光】の代表である騎士王のルトさんになった……のだけれど。

「……楽しそうですね」

「だ、談笑してる……」

闘技場内で、楽し気に会話をしている十六夜さんとルトさんを見て、困惑が隠しきれない。

私の思ってたソロ戦は、もっと殺伐とした、試合開始寸前まで喋る事すらせずに精神統一をしているような物だっただけに……想像との差が激しすぎる。

「まぁ、あの2人はβ時から日常的に1、2位争いをしてたからね〜。また戦えるのが嬉しくてしょうがないんでしょ」

困惑が表に出ていたレイナさんと私に説明するかのように、後ろから身を乗り出した楓さんがβ時の戦いを身振り手振りも交えながら説明してくれる。

楓さんの隣にはレンジさんとルイさんもおり、楽し気にその会話を聞いているのだけれど、それを踏まえた上で2人で何か楽し気に会話をしているので……困惑している様子は全くなかった。

会話の内容は……『どっちが勝つか?』?

レンジさんは自分に勝った十六夜さんを支持し、ルイさんは友達である十六夜さんを……って。

「レンジ君にルイ、それじゃぁ賭けになってないよ……?」

楓さんが、私の気持ちを代弁してくれた。

賭けの内容は来週の夕飯をどちらが作るか。

元々ルイさんが来週の当番らしくて、レンジさんは何も得をしていない気がするのだけれど……。

『それではぁぁぁぁああ、ソロ、決勝戦。始めぇぇぇええええ！！！』

開始の声が闘技場中に鳴り響く……と同時に、十六夜さんの２つの短剣が伸び、ルトさんへと迫っていく。

それをあっさりと【ショートワープ】のようなスキルを使って躱したルトさんは２人に分裂する。

「えぇぇ！！？　ルトさん、２人に!?」

「……個性的なブラッドスキルですね」

闘技場のど真ん中辺りに陣取り、前後をルトさんに囲まれた十六夜さんが伸びた短剣を振り……片方へと駆け出す。

伸びた短剣は両方共に前後のルトさんに受け止められていたのだけれど……どうして十六夜さんは後ろのルトさんへと駆けているんだろうか？

当たり前のように掻き消えた、放置された方のルトさん。

それによって濃さが増したルトさんは迫る十六夜さんへと盾を向け……それを十六夜さんが足場にしようとした瞬間に引いた？　ように見えた。

十六夜さんにしてみればその行動は分かりきっていたのか、ルトさんが盾を引くのとほぼ同時に打ち下ろしたが片手剣で止められた短剣を意に介せずに、【ショートワープ】を使ってルトさんの背後を取り、片方の伸びた短剣をルトさんへと振り下ろす。

それを振り向く事すらせずに盾で受け止めたルトさんは、もう1つの伸びた短剣を躱すべく【ショートワープ】を使って……闘技場内に一瞬の硬直が、生まれる。

「ふぇぇ」

「……」

「んー、やっぱこれがソロ戦だよね～。久しぶりに本物のソロ戦を見た気がするよ！」

「……姉ちゃん、今の出来る？」

「……どっちを？」

「あ、出来ないのね」

「……」

レイナさんは無言になっているし、レンジさんとルイさんは良く分からない会話をしているし。

純粋に楽しめているのは楓さんだけな気がする……。

私なりに頑張って解釈をしながら戦闘を眺めていたのだけれど、本当に私の考えた通りなのか……十中八九違う気がするけれど、仕方ないって言いたくなるぐらいには一瞬で様々な事が起こりすぎていた。

今も、先程何が行われたかを考えている内に同じような、それでいて全く違う流れで斬り結び……ルトさんに1つの切り傷を付ける事に成功した十六夜さん。

「……あれ？　変な痣《あざ》がついてる？」

ルトさんが斬られた筈の腕の部分を見てみれば、今まで見た事がないような、よく分からない痣が出来上がっていた。

今までの全試合で十六夜さんは一瞬で首を刈り取っていたので……正直、ルトさんが斬り付けられた時は戦闘が終わったと思ったのだけれど。

今まで簡単に首が刈られた事、ルトさんが凄い速度で掻き消えたのはあの痣に何かがあるからなんだろうか？

「……十六夜さんの武器、変わりましたね」

「え？……っあ！　本当だ！」

レイナさんの呟きで初めて気づいた、十六夜さんの武器の変化。

今までは一切曲がる事なく赤い線が伸びきっていた短剣だったのが、鞭のようにしなる赤い鎖を纏った短剣へと変貌を遂げていた。

「レンジ、十六夜みたいな攻撃できる？」

「無理」

「……即答したわね」

再び、よく分からない会話をしたレンジさんとルイさんの横で、楓さんが十六夜さんへと声援を送っていたので、少し恥ずかしかったけど私も声援を送る。

しなる赤い鎖を縦横無尽に振り回し、ルトさんの周囲を囲う十六夜さん。

「えっ!?」

それを……痣がついてない方の腕で、わざと食らいに行ったルトさんを見て、驚きの声が漏れる。

ただ、それが正しかったのかルトさんの腕についていた痣は掻き消え、十六夜さんの赤い鎖もなくなっていた。

それを受け、少し分かりづらいけれども嬉しそうな笑みを浮かべた十六夜さんが左手の短剣には真っ直ぐの赤い線、右手の短剣にはしなる赤い鎖を纏って……駆け出した。

ルトさんへと攻撃が加えられる瞬間は、両方の攻撃が重なるようにする十六夜さん。

すると、攻撃を盾で受け止めた筈のルトさんの体に、しなる赤い鎖が絡みついていく。

「……?」

すぐに消え去り、別の場所に姿を現したルトさんだったけれども……あの攻撃、盾をすり抜けた?

「正直、何をやっているのか分からないのですが……ユウさんは分かりますか?」

「分かりません!!」

「ぶふっ。……ユウちゃん、そんな自信満々に言わなくても」

レイナさんの質問に正直に答えると、楓さんに笑われてしまったので恨みがましい目で見つめるのだけれど……相変わらず意に介した様子がない。

少し気になったので周囲を見渡してみた所、十六夜さんとルトさんのやり取りを完全に理解していそうな人は1人も……って。

「……ソラさん、寝てる?」

「……寝てますね」

「寝てるね」

視界に入った、目を閉じているソラさんに、その横で楽しそうに試合を観戦していたイサ君。

ずっとソラさんとイサ君が静かだったのはそんな理由があったのかもしれないけれども……、私の呟きに気付いた皆が各々で別の反応を示し、ソラさんへと注目が集まった。

それを受けてあたふたしてしまっているイサ君を見て、何となく申し訳ない事をしたかな？　といった気分になったけど、寝ているソラさんが悪い！……んだと思う。

「えっ、あっ……ソラ、昨日のイベントで負けたのが悔しかったのか、反省会のために夜更かししてて!!　それに、十六夜さんが勝つのは当たり前だよなみたいな事も言って――」

「――おい、イサ……」

「あ、ソラ。……おはよ」

「おはよ……じゃねぇ。……すみません、夜更かししててうたた寝してしまいました」

「あ、いえ……問題ないですよ？」

ソラさんが微妙に居心地悪そうにしているのを見て、レイナさんの口からは珍しく、歯切れの悪い言葉が出てきていた。

「まーまー！　戦闘、結構終盤になってきてるからそっち見ようよ！　ね？」

「そうですね」

「……あぁ」

「「はい!!」」

楓さんの鶴の一声により、なんとも言えない雰囲気は払拭され、全員が十六夜さんの対戦に集中する。

ルトさんの体の何か所かに付いた、大きな痣。

それ等へと迫るようにうねる十六夜さんの短剣から伸びる鞭のような赤い鎖が……十六夜さんの片腕を犠牲に、痣を捉える。

——瞬間、十六夜さんが何かを呟くと共にルトさんの痣の部分が捩り切れ……戦闘が終了した。

「わぉ……思ったよりも本当に終盤だったね」

「レンジ、私の勝利ね」

「いや、勝利も何もないでしょ……」

「ソロ戦、ペア戦が優勝ですか……。凄く良い結果になりましたね。惜しむらくはパーティ戦で私が上手く戦えなかった事ですが……」

「……凄かった」

各々が好きな様に声を上げ、イベントの簡易リザルトを告げる通知を確認する。

どうやら事細かな結果は10分程後に発表されるらしく……それまでにはクランホームにいろ、との事だった。

「では……移動しましょうか」

クランマスターであるレイナさんの言葉を聞いて、【PRECEDER】の全員が動き出す。

今回のクラン対抗イベント。色々と不安はあったけれども……結構良い感じに、楽しめた気がする。

「ユウさん、今回のイベントは色々と助かりました」

「ううぇ⁉　私何もしてないですよ⁉」

「ユウちゃん……回復薬作ったり、敵を二人受け持ったりしたんだから何もしてないわけないじゃん……」

道中、レイナさんの後ろを歩いていた私に歩調を合わせたレイナさんと楓さんが、言葉を発する。

私にしてみれば……回復薬を作るのは当たり前の事だったし、【美食会】との戦いもレイナさんありきな上に、作戦も全てレイナさんが立てていたから……役に立てた、とは言いづらい。

「回復薬があるのとないのとでは結構違うんですよ？」

「そ、そうかもしれないですけど……」

「んー……ユウちゃん、もう少し自信持って良いと思うよ！　今回ユウちゃんは全員を助けたんだから!!」

「んー……」

私の回復薬は、正直言って最前線の人達が使っている物より劣っている。

だから、私にしてみれば『もう少しやれたのに!!』っていう思いもあってレイナさんや楓さんの感謝？　の気持ちを受け取りづらい。

数日前に見た、【精霊の塒《ねぐら》】という生産特化クランの最高級回復薬とは同じ品質にまでは持っていけたと思うのだけれど、私がその数日で品質を上げれたように、【精霊の塒】の人達ももっと凄い回復薬を作れている筈……だと思う。

「んー……ユウちゃんの回復薬、最前線で使っているのと遜色《そんしょく》ないからもっと胸を張って良いと思うんだけどなぁ」

「えっ？」

「……ん？　ユウちゃん、もしかして自分のレベルに気付いてない？」

「え……あ、え、その……3日前ぐらい？　のには追い付けたとは思うんですけど……今のには勝てない気がするんです？」

「なんで自分で首を傾げてるの……けどまぁ、数日前はレッサーザラタンのせいで攻略が停滞してた時だからね～。確かに、そろそろもっと高品質なのが出来るかも」

「……かも？」

楓さんの物言いだと、今は私の回復薬が最高級品質といっても過言ではないと言っている様に聞こえる。

もしそうなのだったら……少し、嬉しいかも。

思ったよりもしっかりと【PRECEDER】の役に……。

「って、なんでルトが私達のクランの所に……」

「なんででしょうね……」

そんな事を考えている内に、私達【PRECEDER】のクランホームに辿り着いたのだけれど……入り口で十六夜さんとルトさんが楽しそうに談笑していた。

「っあ。もう戻ってきたのか。じゃあ、僕もそろそろ戻らないと怒られそうだね」

「……ん」

「ルト……なんでいるの」

「そりゃ、十六夜に『次は勝つ』って言う為に決まってるじゃないか。今回は負けたけど……次は負ける気はないからね」

「次も、勝つ」

「悪いけど、勝ち越されるわけにはいかないからね。次はしっかり勝たせてもらうよ」

十六夜さんとルトさんが、お互いに笑みを浮かべながら視線を合わせる。

よく分からないのだけれども、楓さんが言っていた……ライバル関係。

十六夜さんもルトさんも何か楽しそうで、少し羨ましく思える。

「あっ、ユウちゃん。十六夜に聞いたんだけど、回復薬、ユウちゃんが作ったんだってね」

「え、あっ、はい!!」

「あれなら最前線でも使えるし……僕等のクラン、【瞬光】に卸してみないかい？」

「え……あ、えっとその……」

「ルトさん。そろそろ発表されますが、戻らなくても良いのですか？」

「あっ、そうだね。ユウちゃん、返事はいつでも良いからね。じゃあ、失礼するよ」

そう言って消えていった、ルトさん。

卸すと言われても、私1人で作れる量は高が知れてるし、今は最高品質でも……って思っちゃうと、どうしても無理な気がする。

「ユウさん、取り敢えず追い返しましたが……ユウさんのお好きな様にしてくださいね？」

「あっ……やらないと思います？」

「……ユウちゃん、だからなんで自分の事なのに……」

現状、【PRECEDER】の皆に使ってもらえるだけで私は満足だから——。

「姉ちゃん、そういえば——」

「ん？　どうかした？」

そんな事を考えて、1人納得していた私が拾ってしまった、その会話。

後ろにいたルイさんとレンジさんの会話なのだけれども……。

「——配布された回復薬、どうすれば良い？」

「ん?? え、イベで使わなかったの？」

「うん。昨日の夜に【精霊の塒】の人に新しい回復薬を貰ってたから」

「あぁー……そういやレンジ、あそこの人達と仲良かったわね……」

「……」

レンジさん、使ってなかったみたい……。

それに、レンジさんとルイさんの会話を聞く限りだと昨日の夜、もっと質の良い回復薬が作られたようだし……私の回復薬は最高品質ではなくなったようだ。なんだか悔しい。

私が【PRECEDER】の役に立つにはもっと頑張らなきゃいけなさそう。

取り敢えず、もっと良い回復薬を作れるようになって役に立とう。それこそ、【精霊の塒】の人達が作る物よりも高品質な物を作れる様になって【PRECEDER】の皆を支えられるぐらいまで。

――最終目標は、レンジさんに必要とされるぐらい……かな？

あとがき

この本を手に取ってくださった皆様方、はじめまして。

Web版や1巻、2巻を読んでくださった読者様方は、はじめましてではないかもしれませんが……というのはさておき、拙作を手に取ってくださいまして、本当にありがとうございます。

1・2巻のあとがきにて全く同じ書き出しをさせていただいたのですが、はじめましてではない方々が増えていく、あとがきテンプレ（？）の分量が増えていく事を考えますと、とても感慨深いものがあります。

1・2巻同様、狂喜乱舞いたしますので暫しお付き合い頂けると嬉しいです。

2巻で既にWeb版と差があった事から察せる通り、今回は更にWeb版とは違った物になったと思っておりますが、まぁ……ノリと深夜テンションで追加されたものです。

最近、私の活動時間帯が日付を跨いだ頃合いからな事もあり、全体的に深夜テンションの割合が増えたと思っておりますが、そのせいで新しい設定が作られ過ぎて、恐れ慄いております。

流石に物語に矛盾が発生する様な事は無いのですが、プロットの概念はどこにいったのか……。

編集者様。本当に、迷惑をかけてしまい申し訳ございません。

話は変わりますが、今回の3巻カバーイラスト、皆様はどう思いましたか？

私個人としましては、最推しの姉がレンジと背中合わせになっており色々と嬉しい状況になっているのですが……コミカライズ版1巻のカバーにいるレイナも捨て難く。

コミカライズ版から来てくださった方々はご存じかもしれませんが、コミカライズ版では文とは違った臨場感の様な物も味わえると思っておりますので、ぜひ確認してみてください！

……下手な宣伝はさておき、このままでは3巻の内容に全く触れずに終わってしまいそうですので、本当に少しだけ触れさせていただきます。

レンジのライバルキャラとして出てきた、ｗｅｂ版には登場しない零夜ですが、実を言うとｗｅｂ版でも似たようなプレイスタイルのキャラクターが名前だけですが、登場していたりしています。

伏線も一切無く、そのキャラに触れる機会があるかと聞かれると答えづらいですが……画期的な案を考えてくださった編集者様に、あとがきから遠吠えさせていただきます。

以上、軽く3巻について触れさせていただきました。

ＴＯブックス様、担当編集者様、ｂｕｎ１５０様。そしてコミカライズ版を手掛けてくださっている成瀬真琴様。本当に、様々な点でありがとうございました。

又、相変わらず脱線し続けたあとがきを読んでくださった読者様方も、本当にありがとうございます。

またいつか、会う機会がある事を願っております。

コミカライズ第1話

漫画　成瀬真琴
原作　洗濯紐
キャラクター原案　bun150

I'm an unfortunate archer,
but doing Okay

お前を必ず倒してみせる！
我が弓を以《もっ》て…

穿《うが》て土竜に纏《まと》いし悪霧の刻《とき》を!!

…って
何言ってんの
俺えええっ!?
ぐわあああ
きゃっ
きゃっ
やめろやめろ
やめろオオオッ
頭の中に
浮かんできた
だけだしっ
あと そんな
ドヤ顔は
してないいっ
そーおっ?
む〜
俺がこうなってしまったのも
遡《さかのぼ》って3日前——

第1話

じー
トレース・ワールド・
オンラインねぇ…
「もうひとつの人生」
とも言われるVR
ゲームで
能力や技術は
プレイヤー本人の
能力に依存し
精密に作り込まれた
世界観の中で自由に
プレイすることができる
俺は…
今とても人気のあるゲームだ

彼・になりたい…
小さい頃に見たアニメに出ていたキャラクター
サブキャラだったのかついぞ出てくることはなかったけど
ひとりで空を埋め尽くすような矢の弾幕を放っていた
かっこいいいいいい
憧れすぎて弓道部に入ってみたはいいけど
型にはまった部活動では満たされることはなく…
ここでなら叶えられるかもしれない
かぽ
ん？

PLEASE SCAN
スキャンしてくださいって？
何それ
？
はあ～
最初から聞きなさいよ初心者
まだ付けないでそれ
じっとしててね
する
する
する
はい終わり
ぱたっ
よし
これだけ？

はい 付けて――
起動っ
ようこそ〈TWO〉へ
…を選択してください

種族を選択してください
うおっ
えっと…エルフ…
スイ～…
エルフですね ステータスを制作します
ポポポポポ
名前を決めてください
HPO? 大丈夫なのか? これ…
名前のランダム選択も可能です
名前 レンジ
種族
HP 0/0 MP 20/20
STR 0 VIT 0
AGI 1 INT 2
DEX 2
STP 10
SKP
あっ
レンジで!
「レンジ」ですね

方向性と職業を選択してください
選択した方向性のスキル取得にかかるコストが半分 他の方向性のスキル取得にかかるコストが2倍になります
えっと「遠距離物理」で…
「弓」でよろしいですか?
はい
ステータスの割り振りをしスキルを選んでください
カタッ
尚康が言ってたスキルが確か…
目測 望遠 etc…
どこにあるんだ!?
弓士セットがあります
あそれで
これでいいかな
名前
種族 エルフ
HP 10/10 MP
STR 7 VIT 0
AGI 3 INT 2
DEX 4
STP 0
SKP 0
容姿を設定してください スキャンデータをロードします
すごい…まんま俺だ…
せっかくだしちょっと似せようかな

確か…目は茶色だな
ツツツ
真緑は似合わなそうだからな…
ちょっと暗めで…
初期装備のアレンジが可能です
え
…じゃあ少しだけ…
以上で終了です
リリース時間まで数分お待ちください
どきどき
わ～っ…

リリース時間となりました
初期リスポーン地へと転送します
ガヤガヤ

ワイ
……
ワイ
始まりの街
おお？
ガヤ
ガヤ
色んな職種の人がいる…
武器もいろいろだ
…あれ
弓は？

Trace World Online's Map
第2フィールド
第1フィールド
始まりの街
南の門前で集合って言ってたから
ここだと思うけど…
あいた
なんかしてる？
尚康～
てて
…だよな？
おう

けど ゲーム内では プレイヤーネームで 呼んでくれ
ああ ごめん ナオ
けらっ
いいよ 言って なかったし
ちょっとやること あるから少し 待ってくれ
うん
ナオ
職業 盗賊
シャク
シャク
平和な景色 だなあ
もさ もさ もさ
ぴょん
びくっ

びょん
びょん
ギーッ
びょん
ギッ
ギ!?
あわ
あわわ
びょん
びょん
あいつらにとってはぜんぜん平和じゃないんだな…
すまん待たせた
大変そう…
あうん
それよりいろいろ聞きたいことがあるんだけど
まず お前が1番疑問に思ってること
遠距離物理が選ばれない理由だ
だろうな 順番に説明するよ
うん 街にも俺以外はひとりもいなかった

遠距離物理は遠距離魔法より若干射程が短く
剣だって空振ることが多々あるんだ
MISS!
?
さらにスキル補正だけじゃ当たらないことが多いんだ
まじ？
でも遠距離魔法は現実にないものだからスキル補正だけで当たる
このゲームはプレイヤーの現実での能力やセンスが大きく関わるから
弓やボウガンなんて使ったことがない人にできなくて当然ってこと
WIN NER
LOSER…
つまり 遠距離物理は完全劣化版になってるわけだ

当たらない武器なんて誰も選ばないってことね…
そゆこと
そういう話ならそもそも遠距離物理なんてなくていいんじゃ?
いい質問だぜ!
弓道部の俺ならできるかもっていうのはわかるけど
遠距離魔法は決まった射程以上は撃てない
でも
遠距離物理は射程を超えても
消えないんだ

だからスキル補正と本人の
ようするに…
当てられれば最強ってこと
理解が早くて助かるぜ
にっ

ちなみに ここのグラスラビットはプレイヤーが50ｍ以内に近づくと逃げ出す
もす
ふすっ
そして 遠距離魔法の射程は48ｍ 遠距離物理は47ｍだ
だから誰もいないのか
そう!!
つまり狩場の独占が可能かもしれないんだ!!
というワケでさっそく試してみようぜ
ぽすっ
これは？
β版の時に手に入れた固定ダメージ10の弓だ
ステータス
STR7 D×4
以上で使用可能
ダメージ10
そんでもってグラスラビットのＨＰも10
なるほど
ギリッ

距離…60ｍくらいか…？
キリリ…
キリリ…
遠当てより少し遠い…？
う～ん弓の大きさが違っててわからん
パシュ
ヒュ～
おお？
ザクッ
ギッ！
ギイイイ
びょんびょんびょんびょん
ギッ
どんまどんま

レンジなら
次は当てられる
だろ？
ギリリリッ
期待してもらって
悪いけど
あと
4・5本は外す
パシュ
おー
がんばれ
もうちょい
奥…
トッ
上に
上げすぎた
ギリ…
ここか!?
パシュ
ドッ
よぉーし!!
ぐっ
ふぁん
ふぁん
ふぁ〜ん
グラスラビットを
倒しました。

▼ドロップ▼
グラスラビットの肉×1
グラスラビットの毛皮×1
10G

レベルが上がりました。
職業レベルが上がりました。
始まりの街南部の
初討伐者になりました。

▼報酬▼
称号
【初討伐者（始まりの街南部）】
STP5　SKP5
スキルレベル限界
上昇チケット×1
10000G

お　当たった？
ガーーン
見てないのかよ!!
悪い悪い　仲間と連絡とってた
お前がやれって言ったのに…
ム
敵倒したからレベル上がっただろ？
スキルポイントが振れるようになるぜ
弓職に有用なステータスとスキルってあるのか？
そうだな…オススメはDEXと【回収】だな
「回収」？
【回収】の効果はドロップ率微上昇と周囲のアイテムの自動回収だ
近距離武器の投擲《とうてき》とかの人が持ってるスキルなんだけど
※所有者のいないアイテムのみ
てく
てく
てく
射った矢にも適応されるはずだぜ
はずってことは確証はないのか
だって誰も使わないし…
ああ…

試してみてくれ
ＯＫ
ポワン
ポワン
「壊れた矢」ってのが手に入ったぞ
壊れた矢
使用不可
初心者の矢
94
初心者の弓
初心者の弓〈β〉
まじ!?
使用不可らしいけど
ガッ
いいよいいよそれ何個かちょうだい!
どうやって渡すんだ?
フレンド選択して～……
よし!これでみんなに報告できるよ
ありがとな!
情報ゲット!
みんな?

俺がβ時から入ってるクラン「瞬光《しゅんこう》」のみんなだよ
攻略組のトップで情報には事欠かない
へーすごいな
レンジなら加入も大歓迎だぜ！
どうだ？
そうだな…
クランってたぶんパーティより規模が大きいよな…
ポク
ナオもクランの任務で動いてるっぽいし
ポク
仕事…とかめんどくさいなぁ
ポク
2・3人は仲間がいたほうが攻略は楽だろうけど
ポク
そもそも攻略よりも弓技を極めるほうがやりたいから……
ポク
ちなみにナオとパーティは組めるのか？
ぱんっ
わり！俺はクランの奴ともう組んでるんだ
追加自体はできるけどクランに入らないならアウェイかも
あ～…
じゃあ俺は気ままにやりたいから遠慮しとこうかな
オッケーオッケー

気が変わったらいつでも言ってくれよ！
ああ
俺はそろそろ行くな
ゲーム楽しめよー！
たたたた
ありがと
やっぱり忙しそうだなー
ポッ
ポポッ
ポッ
ナオ以外知り合いいないしソロが気楽でいいかも
これでよしと
名前：レンジ　種族：エルフ
レベル：2　方向性：【遠距離物理】
職業：弓士Lv. 7
HP：10/10
MP：20/20
STR：10　VIT：0
AGI：8　INT：4
DEX：14
【スキル】
【望遠Lv.1】【目測Lv.1】
【弓術Lv.1】【弓技Lv.1】
【射撃Lv.1】【回収Lv.4】
【AGI上昇Lv.1】
【DEX上昇Lv.1】
【視力上昇Lv.1】
STP：0
SKP：2
ヒュ
さてやってくか――…

タ
ぴ
ーンッ
ばっ
な…!
何者…?

不遇職の弓使いだけど
何とか無難にやってます
@COMIC
1
好評発売中!
約20Pの
描き下ろし漫画&
洗濯紐先生の
書き下ろし小説
W収録!!!
夢見がち弓使いの
スピード成り上がり
VRMMOゲームファンタジー!
[漫画]成瀬真琴
[原作]洗濯紐
[キャラクター原案]bun150

不遇職の弓使いだけど何とか無難にやってます 3

2021年8月1日　第1刷発行

著　者　**洗濯紐**

発行者　**本田武市**

発行所　**TOブックス**
〒150-0002
東京都渋谷区渋谷三丁目1番1号　PMO渋谷Ⅱ　11階
TEL 0120-933-772（営業フリーダイヤル）
FAX 050-3156-0508

印刷・製本　中央精版印刷株式会社

ISBN978-4-86699-275-4